La Légende des fils

Du même auteur

Les derniers jours de Stefan Zweig, Flammarion, 2010 ; J'ai Lu, 2011 (Prix *Nice-Matin*/Baie des Anges).
Albert Einstein, Gallimard-Folio, 2008.
La Consultation, JC Lattès, Pocket, 2006.
La Folle Histoire, JC Lattès, 2003 (Prix Littré).
Les Mauvaises Pensées, 1999, JC Lattès ; Pocket, 1999 (Prix Wizo).

Laurent Seksik

La Légende des fils

roman

Flammarion

ISBN : 978-2-0812-4856-4

À ma mère

À mon père

I

Scott ouvrit les paupières, souleva l'édredon, fit taire le réveil, s'assit au bord du lit, jeta un regard hébété autour de lui. La chambre baignait dans un soupçon de clarté. Il se frotta les yeux, contempla le crucifix fixé au mur, prit une ample respiration. Seigneur, l'heure est venue, donne-moi la force, veille sur ma mère en mon absence, protège-la du démon qui habite ce lieu. Il dit amen et se signa. Il ôta son pyjama, enfila son pantalon, sa chemise, chaussa ses Clarks et se leva. Ses yeux croisèrent la photographie de John Fitzgerald Kennedy clouée au mur et qu'il avait découpée dans le supplément hebdomadaire du *Daily News*. Le Président tendait la main à un jeune garçon. Il imagina être ce garçon-là.

Il s'empara sur le bureau de la lettre rédigée la veille, la posa sur l'édredon, recula d'un pas, trouva que c'était bien.

Il saisit son sac de toile empli de quelques vêtements, d'une gourde et d'un couteau, gagna la salle à manger, s'arrêta face au bahut, ouvrit le premier tiroir, attrapa du bout des doigts la liasse de billets de dix dollars dissimulée au fond, la glissa dans sa poche, remit le tout en place et pria le Seigneur de pardonner son geste.

Au milieu du couloir, son regard s'arrêta sur la Winchester suspendue au mur. Il se mit sur la pointe des pieds, empoigna le fusil, se dirigea vers la chambre où dormait son père. Il entrouvrit la porte, vit Jeffrey Hatford endormi, avec cet air étrange que lui donnaient, en plein sommeil, ses paupières demi-closes.

Il demeura un instant, posté là, immobile, l'arme entre ses mains, observant l'homme étendu en travers du lit. Quel effet procurait de mettre en joue l'auteur de ses jours ? Il laissa le canon pointé vers le sol, se retourna, remit l'arme en place, sortit de la maison, ferma doucement la porte derrière lui. Son ballot sur l'épaule, il dévala le sentier à grandes enjambées, aspirant à pleins poumons l'air froid qui montait de la plaine.

Il s'apprêtait à traverser les vallées couvertes de séquoias et les déserts grandioses où dorment les étoiles. Il longerait des montagnes dressées comme des îles dans les cieux, les mésas de gré rouge et leurs ombres immenses. Des buissons d'ocotillos dérouleraient sous ses pas des tapis de lumières. Il s'enfoncerait au milieu des forêts de trembles plongées dans le silence, franchirait des canyons profonds comme l'océan. Au milieu des collines emplies de parfum d'ambre, de gros nuages gris crevés d'éclairs jetteraient sur son chemin des tempêtes de pluie et guideraient ses pas vers l'endroit de ses rêves, ce monde de féerie et de splendeur du golfe de Californie où l'horizon se creuse et la mer se retire.

Il consulta sa montre. L'aiguille marquait six heures. À cet instant, sa mère terminait sa nuit de travail. Elle s'apprêtait à quitter l'enceinte du Memorial Hospital de Phoenix. Son manteau de laine beige passé directement sur sa blouse, elle s'empressait de rattraper le bus 175 sur Main Street, coupait au milieu des avenues désertes, redoutant de manquer l'autocar et de devoir attendre le suivant dans un fleuve d'air glacial et gris.

Un sermon du révérend Simpson lui revint à l'esprit. Le révérend avait parlé de faute irréparable en citant l'épisode de Joseph vendu par ses frères, Caïn tuant Abel. Le sens du propos s'éclaira subitement. Seigneur, suis-je le gardien de ma mère ?

Le seul commandement que sa mère lui enjoignait de suivre était de ne pas mentir. Il avait caché la nouvelle de son départ. Il avait éludé les questions posées l'avant-veille alors qu'elle s'apprêtait à percer son secret. Il avait nié. Il l'avait trahie. Il la laissait en proie à l'arbitraire, aux insultes, aux bravades. Elle vivrait le reste de ses jours avec l'idée qu'elle avait mis au monde un monstre, un fuyard, un vaurien. Le fils qu'elle chérissait, un dévoyé, un lâche.

Il était affecté de cette étrange prédisposition : il ressentait physiquement ce qu'éprouvait sa mère. Quand Mam offrait le visage de quelqu'un de gai, d'heureux, d'invulnérable, alors il se sentait léger, il connaissait des joies intenses. Lorsque sa mère était triste, le monde autour de lui perdait toute sa grâce, plus rien n'avait de charme, rien n'avait de mystère.

Certaines nuits, des bruits dans le couloir le tiraient du sommeil. Mam, toujours en proie à de terribles migraines, arpentait la maison. Le frottement de ses pas faisait écho à sa souffrance. Allongé sur le lit, Scott imaginait son visage défait, la douleur forant son crâne. Il adressait des prières à Dieu, implorait un répit. Il accompagnait Mam dans sa nuit blanche comme il serait sorti la rejoindre si elle s'était aventurée au-dehors, dans le noir, là où traînent les chiens sauvages. Soudain il n'entendait plus rien. Le mal avait été vaincu. Mam était retournée dans la chambre. La maison retrouvait le calme. Scott demeurait un long moment, les yeux ouverts. Il finissait par s'endormir. Au matin, la mère et le fils portaient des stigmates semblables de lutte.

Scott contractait le désespoir maternel comme il attrapait les maladies contagieuses que Mam ramenait de l'hôpital. Il adorait quand sa mère lui rapportait la grippe. Il attendait l'épidémie, s'impatientait de la venue de l'hiver. La maladie le clouait au lit. Mam restait à son chevet. Son père quittait les lieux. Scott faisait promettre à sa mère de ne plus jamais retourner au Memorial Hospital. La fièvre montait. Il se mettait à trembler. Il était gelé, fourbu, brisé. Mam lui faisait avaler ses médicaments, épongeait son visage, le couvrait d'attentions, murmurait des mots tendres, fredonnait des chansons. Trois jours plus tard, la fièvre était tombée. Le téléphone sonnait. La bonne marche du service des urgences du docteur Jenkins exigeait la présence de l'infirmière Hatford. Ta méchante mère va devoir repartir. Il usait de stratagèmes pour la retenir, se forçait à vomir, crachait ses poumons. Le soir même, elle avait disparu. Il restait seul, il avait froid. Il aurait dû être triste. Le souvenir des jours passés dissipait son chagrin – il se remémorait les mots, les gestes, les regards. Il se consolait avec des bouts de mémoire.

Le lendemain, son père rentrait. L'air devenait irrespirable. Des plans de fuite s'échafaudaient dans son esprit.

Où avait-il trouvé la force de quitter la maison ? Comment avait-il fomenté un tel sacrilège ? Abandonner sa mère ! La folie de son père était-elle contagieuse ? Cette idée qu'il eût pu tenir quelque chose de son géniteur le terrifia. On dit que j'ai les yeux de Mam et que j'ai son sourire. Mais si j'avais hérité de l'âme de mon père ? Si l'esprit du Malin s'était glissé en moi ? Il avait menti, il avait volé, il avait trahi. Il était en train de devenir un Hatford !

Il se força à accélérer le pas, marcha un long moment sur la route du nord, bifurqua et gravit au sommet d'une butte dominant la vallée. Le soleil pointait au-dessus des montagnes. De son poste d'observation, il pouvait encore apercevoir la maison. Il songea à l'instant où sa mère rentrerait. Il l'imagina désenchantée et morne, posant son manteau sur une chaise, s'affalant sur le canapé en prise à la fatigue. Elle jetait un coup d'œil sur la pendule, gagnait le couloir en direction de la chambre. Son visage retrouvait l'expression de gaieté tendre qui l'habitait à la simple pensée de son fils. Elle ouvrait doucement la porte. Son regard était comme happé par le vide de la pièce. Elle fouillait des yeux la pénombre. Elle s'approchait du lit, effarée, attirée par la lettre posée sur l'édredon. Elle lisait. Et voilà le miracle qu'il espérait : à la dernière phrase, son visage s'éclairait, lavé de toute peur. La lettre réalisait ce prodige. Changer les larmes en rire.

Sorti de son sommeil, son père se dresserait derrière l'épaule de sa mère. Jeffrey Romuald Hatford s'emparerait de la lettre, la parcourrait, la déchirerait, cracherait dessus. L'homme prendrait son épouse à partie, accuserait la vie qu'elle menait, ordonnerait de choisir entre son travail et lui, proférerait des menaces contre son fils, l'agonirait d'injures, promettrait représailles, châtiment exemplaire. Son regard serait celui d'un détraqué. Sa bouche empesterait un mélange de bière et de mauvais bourbon. Il ferait voler des assiettes. Mam demeurerait impassible. Sa calme froideur décuplerait la colère de son père. Il finirait par lever la main au-dessus d'elle. Mais à cet instant – du moins voilà ce que Scott escomptait – les menaces de la lettre lui reviendraient. Si jamais tes doigts effleurent la joue de Mam… Je te dépasserai en taille à mon retour. Je te mettrai en pièces. Je serai un autre homme. J'aurai appris à frapper, à voler, et à tuer, qui sait ? Je ne baisserai plus le regard devant toi.

Face à l'immensité de la plaine, il comprit l'étendue du chagrin de sa mère. Il scruta le chemin qu'il venait de parcourir, regarda sa montre. L'autobus de 6 h 45 déposerait bientôt Mam sur la route 17. Il avait quelques minutes pour arriver à la maison avant qu'elle n'y pénètre et ne découvre la chambre vide. Il se délesta de son sac, se mit à courir.

Il bondissait. Ses pieds soulevaient la poussière. Chaque pas lui faisait prendre de la vitesse, chaque foulée était plus longue que la précédente. Il se sentait insaisissable. Il était Bob Hayes, il était l'équipe des Dodgers à lui seul.

Lorsqu'il parvint à quelques dizaines de mètres de chez lui, il se dit qu'il était un sorcier. Il avait eu le pouvoir de remonter le temps. Il effaçait la douleur, il effaçait la peine.

Il ouvrit doucement la porte, traversa le salon, s'engouffra dans sa chambre. Il déchira la lettre, mit les morceaux dans sa poche. Il se glissa sous les couvertures et attendit, les yeux fermés, l'arrivée de sa mère.

II

Une main caressa son visage. Un baiser fut déposé sur son front, un bonjour murmuré à son oreille. Il aurait voulu ouvrir les paupières, sauter au cou de Mam, l'embrasser et l'étreindre, fêter comme il se doit le retour de sa mère. Il se ravisa. Son père dormait dans la chambre voisine. Son ronflement faisait trembler les murs. Un mot, une marque d'enthousiasme traversant la cloison et l'homme déboulerait, écumant de rage.

Scott garda les paupières closes. Il préférait sauvegarder la quiétude de l'instant, reporter à plus tard les démonstrations de joie, délices des retrouvailles et accueil en fanfare. Il attendrait que Jeffrey Hatford ait quitté sa demeure. Il laissa sa mère s'éloigner, refermer la porte derrière elle.

Un instant plus tard, la voix de son père hurla dans la maison.

« Tu m'as réveillé !

— Excuse-moi.

— Tu crois que tes excuses vont me faire me rendormir ! ?

— Tu vas réveiller Scott.

— Le sommeil de ton fils est sacré mais le mien, tu t'en moques ! Un infirme n'a pas besoin de sommeil, c'est cela ? »

Scott se leva du lit, marcha jusqu'à la porte, le plus légèrement possible pour éviter tout grincement du parquet.

« Avec le docteur Jenkins, vous vous moquez de moi et de ma patte folle ?.. Ou peut-être que le docteur te pelote en silence ! ?.. »

Son père s'exprimait comme un sauvage. Il ignorait la pudeur, la compassion, le respect et tout ce qui fait vivre les hommes.

« Ou bien c'est toi qui l'entraînes sur le lit ? Et tu pousses des râles, je les connais, tes râles ! »

Scott se glissa dans le couloir, vit son père, quelques mètres devant lui, au milieu du salon, le dos tourné, sa silhouette imposante, dressée, menaçante, face à sa mère. Il regardait la scène, spectateur clandestin, plongé dans la pénombre, et comme tétanisé. Il se plaqua contre le mur, redoutant d'être découvert, je suis une ombre sur le mur, une créature des ténèbres, nul ne m'entend, nul ne me voit.

« Maintenant je te dégoûte, tu pousses tes cris avec d'autres !

Sa mère se tenait face à lui, devant son père, sans manifester la moindre crainte. Elle se dressait, insoumise, face à la barbarie.

— Tu ne réponds pas. Tu préfères garder ta voix pour le docteur Jenkins ? »

Son père se comportait comme une bête. Tu n'aimes rien ni personne, pas plus les autres que toi-même, tu ne vénères que la force, tu n'obéis qu'à ton instinct. La force est ton unique langage, la violence, ta seule fidèle. Tu marches sur des cendres. Tu es le comptable ultime de ton propre malheur.

« Ça te surprend, que je connaisse ton manège avec le docteur Jenkins ? »

Rien jamais ne viendra donner de la lumière à tes yeux égarés. Ton âme se nourrira d'implacables colères. Tu ne connaîtras jamais la douceur des choses.

« Je pourrais te frapper… avec cette main qui a tué des hommes ! »

Sa mère ne tremblait pas, ne baissait pas le regard. Sa mère lui apprenait comment se comporter, enseignait à son fils la bravoure et la foi, le guidait sur le chemin de la révolte. Il puisa dans sa conduite une énergie intense.

« Ne lève pas la main sur moi ! dit-elle.

— J'aurais dû le faire depuis longtemps déjà ! »

Scott allait s'interposer quand ses yeux croisèrent l'objet suspendu au mur. Au même instant, Jeffrey Hatford levait le bras, son poing allait s'abattre.

« Pourquoi ne me regardes-tu pas en face ! ? »

Sa mère l'avait aperçu, elle l'observait comme magnétisée par l'acte qu'il s'apprêtait à commettre. Scott ne l'avait jamais vue porter un tel regard sur lui. Il en éprouva une immense fierté.

Son père, sentant alors sans doute une présence dans son dos, se retourna. Le canon de la Winchester pointé en sa direction lui arracha une expression de frayeur. Mais aussitôt, une rage infinie vint remplacer l'effroi.

« Tu mets ton père en joue ? »

Il acquiesça.

« Tu veux tuer ton père ? »

Il ne répondit pas.

« Appuie sur la gâchette ! Veux-tu que je te montre ? »

Les mains de Scott se mirent à trembler. Il aurait aimé expliquer son geste à sa mère, justifier de sa violence. Aucun mot ne sortait de sa bouche.

« Avec l'index, vas-y, appuie, montre-moi enfin que tu es un homme ! Prouve-moi que tu es un Hatford, et pas une lopette. Tire ! Tire, ton père te l'ordonne ! »

L'arme glissa d'entre les mains de Scott et tomba sur le sol dans un bruit de fracas. Il s'élança vers la porte, se précipita au-dehors, traversa le jardin de pierres, sauta par-dessus la balustrade, fonça sur le sentier, parvint, exténué, au sommet de la colline.

Ses jambes ne le portaient plus. Ses mains continuaient de trembler. Son cœur cognait contre sa poitrine. En contrebas, la ville de Rolder lui fit l'effet d'un gouffre. Au loin, la crête des montagnes dessinait des menaces. La terre rouge aux alentours, celle de Wayler et de Dorth, semblait couver de la lave. Le vent, venu de l'est, soufflait des nuages de brume.

Il s'assit sur le bord d'un rocher, encore pantelant de peur. Il avait connu trop d'émotions, essuyé d'injustes colères. Tant de résolutions, de désespoirs et d'ivresses avaient traversé ces heures. Il ne se souvenait pas d'un instant de sa vie où le malheur avait frappé si fort.

Il scruta la maison, tenta de deviner ce qui s'y tramait, ne capta ni hurlement ni supplique. L'arme pointée en sa direction avait-elle pu faire entendre raison à son père ?

Il hésita à rebrousser chemin. Il gardait le souvenir de ce jour où il était revenu aussitôt après une dispute. Il avait retrouvé la maison plongée dans le silence. Il s'était glissé furtivement à l'intérieur, animé d'un mauvais pressentiment. Retenant son souffle, surveillant le bruit de ses pas, il avait avancé avec le sentiment confus que quelque chose d'obscur et qui le dépassait était en train de se tramer. La chambre était fermée. Des bruits confus et indistincts s'en échappaient, frôlements de corps, soupirs étouffés, froissements de draps. Il avait cru capter le rire de sa mère. Il était reparti désorienté, perplexe.

L'air embaumait le musc. Des cataractes de clartés se déversaient de chaque coin du ciel. La brume ondulait sur le flanc des collines. Tout était empreint de calme et d'absolu. Son esprit enfiévré succomba lentement à la calme noblesse qui montait de la terre.

Il détestait son père. Mais l'idée de tuer ne lui avait vraiment jamais traversé l'esprit. Ni la figure de Jeffrey Hatford ni son cadavre ne peuplaient ses rêves. Ou peut-être sous des formes qu'il n'identifiait pas. Ou dans certains songes dont il ne se souvenait pas. Il se rappelait seulement des plus beaux de ses rêves.

Il se dit que tôt ou tard son père oublierait. Il croyait aux miracles, y avait toujours cru. Sa foi l'avait sauvé, lumière dorée dans le vent noir. Le Seigneur était juste, exauçait les prières, ressuscitait les morts.

Il songea à sa mère. Lorsqu'il la reverrait, Mam ne s'attarderait pas sur ce qui s'était passé. À peine évoquerait-elle l'événement. Elle passerait rapidement à un autre sujet plus léger et jovial. Sa mère était d'une clémence infinie – la bonté incarnée.

Il contempla les grands espaces submergés de lumière. Des nuages blancs tissaient de fines écharpes au-dessus de la vallée. Les chaînes de montagnes dressées dans le lointain formaient comme un abri à la fureur des hommes. Des maisons les plus proches montaient des voix joyeuses. Un vent chaud soufflait de la vallée. Tout lui semblait lointain, peuplé d'un lent murmure et recouvert de paix.

Bientôt Scott ne sentit plus rien de violent ni d'hostile.

Il passa la matinée au sommet de la butte, à flâner près des ruines d'une bâtisse de bois dont les anciens prétendaient qu'elle fut la première bâtie dans la ville et qui aujourd'hui logeait seulement quelques rats. L'après-midi il descendit dans la ville, alla au cinéma. Il choisit de voir *West Side Story,* film dont on disait partout le plus grand bien. Il détesta l'histoire, rit devant le spectacle de ces bandes s'affrontant dans les rues de New York en chantant avec des voix de faussets et en dansant comme des ballerines.

Comme il était encore trop tôt pour rentrer, il décida de revoir *Rio Bravo*. Il regarda John T. Chance, le héros interprété par John Wayne, arrêter le dénommé Joe Burdette pour meurtre, assista à l'assassinat, dans le dos, de Pat Wheeler abattu pour avoir proposé ses services à John T. Chance, vit Dude, joué par Dean Martin, venger Wheeler en abattant son meurtrier. Après quoi John T. Chance rencontra Feathers, beauté fatale interprétée par Angie Dickinson. Pour finir, John T. Chance, le vieux Stumpy et Dude anéantirent les infâmes frères Burdette à coups de pistolets et de bâtons de dynamite, célébrant le triomphe de la justice, le châtiment des coupables.

Lorsqu'il rentra chez lui, à la nuit tombée, sa mère était partie travailler. Son père était absent, sans doute en train d'étancher sa colère dans les bars de la ville.

III

Chaque matin de la semaine, aux alentours de 7 heures, la mère et le fils avaient rendez-vous, sur le bord de la route 17, devant l'arrêt de bus de Rolder dans le fond plat de la vallée, à quelques miles de l'entrée de la ville. L'autocar numéro 175 de la compagnie Greyhound, qui faisait la navette entre Flagstaff et Phoenix, déposait Mam à son retour de sa nuit de garde. Vingt minutes plus tard, le fils montait dans le véhicule le conduisant au collège Indian School de Phoenix. Dans cet interstice se glissait le temps de leur rencontre. Et comme, durant la semaine, Mam repartait travailler avant que Scott ne fût rentré, ils ne connaissaient pas, excepté le dimanche, d'autres endroits où se voir, d'autres moments pour se parler.

Ainsi était leur vie, composite d'instants volés à la langueur du jour, étendues solitaires peuplées d'interludes magiques. Chaque jour, le même cérémonial avait lieu. Ils connaissaient, dans ce bref intervalle, la joie des retrouvailles, le chagrin des séparations. Après quoi vingt-quatre heures s'écoulaient. Ce moment rythmait les semaines et les mois, offrait un point fixe à l'existence. Certains après-midi moroses, Scott songeait : il y aura la nuit, le jour viendra et je verrai ma mère.

Le rendez-vous était informel. Aucun sujet n'était imposé, aucune question éludée. La rencontre se déroulait souvent dans une sorte d'ivresse, parfois c'était un moment enclin à la tristesse. Il était permis de pleurer et il n'était pas interdit de rire. Certains matins, ils conversaient sans interruption, d'autres jours, ils gardaient le silence. Le temps ne paraissait pas plus long qu'ils prononcent quelque chose d'essentiel ou qu'ils restent silencieux. Ils parlaient rarement du passé, ils ignoraient tout du lendemain. Ils célébraient l'instant présent.

Jamais, devant quiconque, ils n'avaient fait mention de ce rendez-vous quotidien et sans doute personne n'avait jamais remarqué le manège de ces deux êtres, au petit matin, dans la vallée de nulle part, sur la route déserte. Ils se sentaient là à l'abri, au milieu des montagnes. Leur parloir avait les dimensions de l'infini.

Ce matin-là, Scott s'éveilla avant même la sonnerie du réveil. Il avait mal dormi. La nuit durant, il avait ressassé son amertume, sa colère et ses doutes. Et si mon index avait appuyé sur la gâchette ? Les heures avaient défilé comme des minutes. Ses paupières ne voulaient pas se fermer. Il était la proie de visions – un cortège funéraire traversait la ville, un homme coiffé d'un haut-de-forme conduisait une Plymouth rouge modèle 57, une femme vêtue de noir lisait les lignes de sa main puis le regardait d'un air désolé. Il avait chaviré dans un bref sommeil.

Il oublia sa nuit, s'extirpa du lit, gagna la salle de bain, s'aspergea le visage, se brossa ses dents, coiffa sa tignasse brune, tenta d'apprivoiser la mèche au-dessus de son front, s'habilla, rejoignit la cuisine, se fit cuire deux œufs sur la vieille plaque à résistance, mangea, but son jus de pamplemousse, se saisit de son cartable et sortit.

Alors, face au lever du soleil, devant la ville en contrebas, il songea à son grand défi quotidien : parvenir sur la route 17 avant le bus, tendre la main à sa mère pendant qu'elle descendait les marches. Il rêvait d'être là, posté debout, calme, droit, soldat au garde-à-vous, escorte princière, retenant sa respiration, le cœur battant, l'âme fière. Sa mère, suspendue en l'air, tendrait un bras vers lui, comme avant une valse. Mais jusque-là il était toujours arrivé trop tard. Il ne menait jamais la danse.

Il s'élança sur le chemin qui descendait vers Rolder, sentier de pierre bordé d'herbes sauvages serpentant en lacets, que le maire avait promis de baptiser et qui, trois ans après l'achèvement des lotissements, se laissait toujours surnommer « The Street » – il se demandait si celui qui habite un lieu sans nom mérite d'être respecté, si les Hatford valaient moins que les gens de la ville basse, moins que les Delsey de Capitol Street, que les Matthews d'Adview Road.

Il dépassa l'endroit que l'on appelait « Los Lobos », où vivaient des familles mexicaines, plusieurs sous le même toit – la rumeur parlait d'obscurs larcins, trafic de cigarettes, filles au tapin dans les *drive-in* de Phoenix. Les gamins, toujours dans la rue, s'aventuraient parfois plus haut sur la colline. Jeffrey Hatford leur intimait l'ordre de quitter les lieux, jetait des cailloux pour les faire déguerpir. Ils esquivaient, hilares, l'injuriaient de ce surnom qui décuplait sa rage : « Ose venir ici, Traîne la Patte ! » L'homme finissait par rentrer, traînant sa patte folle sous les quolibets.

Scott passa devant le perron d'une maison où deux jeunes Mexicains discutaient. Les garçons le défièrent du regard, puis l'un des deux projeta vers lui, d'une chiquenaude, sa cigarette allumée. Un peu de cendre effleura sa joue.

En bas de « The Street », il bifurqua par Seneca Square, terrain vague peuplé jadis de noyers et où aujourd'hui ne poussait que la ronce. Il sauta à travers les buissons, bondit au-dessus de crevasses d'eau croupie que les pluies d'automne avaient creusées. Il s'enfonça dans les artères vides de la ville qu'une pâleur tombée du ciel commençait à éclairer. À l'angle de Capitol Street, il accéléra sa foulée. Il faisait maintenant sa course avec le soleil. S'il voulait avoir une chance d'arriver avant sa mère, il devait parvenir sur Lincoln Avenue avant que l'astre ne pointe au sommet de la colline. Il était dans les temps.

Devant le numéro 67 d'Oxford Street, son regard s'attarda sur les fenêtres du premier étage. Un mois auparavant, il avait croisé la silhouette d'une femme, debout, les seins nus, scrutant au-dehors. Rien, et pas même la lecture des revues érotiques de son cousin Mike, ne l'avait plongé dans un état d'excitation comme cette vision-là. Depuis, une force irrésistible l'immobilisait à la hauteur de l'immeuble. Aujourd'hui, les rideaux étaient tirés.

Sur Roosevelt, il retrouva son vieil allié, Mr Brown, le nez plongé dans le moteur de sa vieille Buick modèle 52. Mr Brown releva la tête sur son passage et lança : « Tu vas y arriver, Scott, et sinon, dis-moi, je te conduirai… enfin, si cette foutue bagnole veut bien démarrer… » Il se souvint des paroles de sa mère expliquant la gentillesse de Mr Brown. « Il voit en toi le fils qu'il a perdu en Corée. » Les ravages de la guerre rendraient les hommes meilleurs ? À voir agir son père, Scott pouvait en douter.

Il franchit une série d'arrière-cours, longea une rangée de petits entrepôts désaffectés, qui dataient de l'époque où l'on fabriquait des casseroles à Rolder, temps glorieux de la ville – comme si l'on pouvait tirer une quelconque fierté à la fabrication de casseroles.

Il s'enfonça dans les faubourgs de Rolder à travers un dédale de rues où les maisons se faisaient de plus en plus rares, leurs façades grises et sales tombant à l'abandon. Ici, les familles semblaient s'appliquer à cacher leur misère derrière les palissades nues et les dépôts de brique tandis qu'à l'ouest de la ville, les gens d'Adview Road faisaient étalage de leur fortune. Sur Adview Road, des adolescents circulaient à bords des derniers modèles de Chevrolet ou de Ford sous les regards envieux des passants surpris que tant de richesse puisse exister à Rolder alors qu'on n'y fabriquait plus de casseroles depuis des lustres. Il laissa derrière lui la dernière maison de la ville.

Maintenant il engageait la course sur la 17. Il filait sur la grand-route, semée de graviers et bordée de hautes murailles de chèvrefeuille. Il dépassa un panneau publicitaire sur lequel s'affichait une gigantesque tête de vache censée vanter les mérites des produits laitiers et qui, dans son souvenir, avait toujours été à cet emplacement. La vache l'avait vu grandir, elle le regardait courir avec cet air morne et indifférent qui figurait aux yeux de Scott l'emblème de Rolder.

La terre aux alentours devenait sèche et désolée. Il sentit un point de côté, des crampes à ses mollets. Le soleil pointait nettement au-dessus des collines. Les voitures roulant à tombeau ouvert le dépassaient, laissant dans leur sillage des nuages de sable. « Tu finiras écrasé sur la 17 comme un coyote », prédisait son père. Il approchait. Il ne devait pas se laisser distraire, oublier les coups de klaxon, ne pas mordre la poussière.

Sur le flanc de la colline, dans l'immense ranch des Each, il aperçut Ted, le plus jeune des fils, à cheval, au grand galop. Le garçon semblait voler audessus la plaine.

Soudain, comme surgi de son attente, le bus 175 émergea du plus lointain de la route, ses feux pointés vers lui. Il oublia sa fatigue, les douleurs à ses mollets, rassembla ses forces et accéléra sa foulée. Il courait en nage, la sueur inondant ses paupières, troublant sa vue. Il avait perdu la notion des distances. Plus rien autour de lui n'était calme ou paisible. Sa fièvre un peu folle semblait s'être transmise à la terre comme au ciel, dans le reflet tremblant des crêtes des montagnes et la rougeur de braise des terres traversées, tout était dans ses yeux animé de ferveur. La masse de métal se rapprochait. Les deux lettres de la compagnie peintes à l'avant du véhicule, en rouge sur fond blanc, scintillaient dans la vive clarté, grossissaient à vue d'œil, présages de défaite dans la course du temps, signifiant au désert qu'il arriverait trop tard une fois de plus. Le grondement du moteur enflait au fil des secondes, sonnait la fin de ses espoirs, la vanité de son combat. Un crissement de pneus lui fit comprendre qu'il avait perdu la partie. Un nuage de poussière se forma au milieu de la route. Le bus s'arrêta quelques mètres devant lui. Alors de la porte avant émergea une silhouette éclaboussée de lumière. Sa mère posa le pied sur le gravier.

Il n'arrivait jamais à temps. Quelque chose dans l'air freinait sa progression. Son père lui avait-il lancé un maléfice ? Il aurait aimé fendre la route, bondir plus vite que la lumière. Quelle que fût l'heure à laquelle il partait, la machine battait l'homme. Il voyait la silhouette de sa mère s'extraire du nuage de fumée. Chaque jour se soldait par une défaite. Mais il restait confiant. Un jour, il sortirait vainqueur de la course contre le temps.

Mam ouvrit grands ses bras, ses longs bras un peu maigres entre lesquels il courut se blottir, se reposer de sa course, éteindre le grand feu qui brûlait dans sa tête devant les ombres immenses qu'étirait le soleil. Elle recula d'un pas, le dévisagea comme si vingt-quatre heures avaient pu modifier la forme de son visage, la couleur de ses yeux. Elle épongea son front, lissa sa chevelure, arrangea sa chemise, sortit une gourde de son sac. Il but jusqu'à la dernière gorgée puis rompit le silence.

« Tu m'en veux pour hier ?

— En vouloir à mon ange ? Je veux simplement que tu oublies ce qui s'est passé.

— J'ai menacé mon père avec une Winchester !

— Ne pense plus à ça. »

Il promit d'essayer. Elle glissa une main dans ses cheveux, embrassa son front.

« Tu es le plus gentil et le plus beau des garçons de ton âge. Tu es plus beau que James Dean. »

Il sortit de sa poche une lettre, la tendit à sa mère. C'était sa réponse à madame Loyd, l'employée municipale qui avait pris en compte sa demande de donner un nom à « The Street ». Il avait passé du temps à l'écrire. Il voulait son avis avant de la poster. Elle lut à haute voix :

« Chère madame Lloyd,

Vous pouvez imaginer la joie que votre courrier de soutien m'a procurée. Vous m'avez donné foi dans l'administration de notre comté comme j'avais foi en l'Éternel. Vous êtes l'apôtre de notre maire. Vous menez les affaires de notre ville comme Pierre conduisait les bonnes âmes vers le lac de Tibériade. Et comme Pierre donnait le baptême, vous donnerez un nom à The Street. Vous allez abolir les frontières avec les gens d'en bas, ceux de Lincoln Street et ceux d'Adview Road. Vous rendrez leur dignité aux Hatford – car ne pas avoir d'adresse, c'est ne pas exister à part entière. Merci encore, chère madame Lloyd, Dieu vous garde, vous, les vôtres et les gens du troisième bureau où vous officiez. »

Sa mère lança :

« Tu veux mon avis ? Non seulement tu es beau comme James Dean, mais tu es aussi intelligent que Bob Kennedy !

— Surtout..., pas un mot à mon père. Il serait

furieux s'il apprenait que je mendie l'aide de l'administration.

— Est-ce que je parle à ton père ?

— Mais je voudrais qu'il sache que cela vient de moi si jamais ma demande aboutit... J'aimerais qu'il soit... fier de moi.

— Je suis sûr qu'il l'est... Il l'est à sa manière. »

Son père ne connaissait que la manière forte. Son père n'avait pour lui que du mépris et de la haine. Son père... Elle l'interrompit en demandant si son cousin Mike l'attendrait, ce jour-là, à Phoenix à la descente du bus. Il savait qu'elle n'appréciait pas Mike. Elle lui trouvait tous les défauts. Mike fumait, Mike buvait. Mike s'emportait pour un rien. Mike était un menteur. Mike prétendait connaître la cachette d'un trésor en Arizona. Mike disait avoir déjà pris l'avion. Mike était censé avoir vu les Boxers de Chicago écraser les Mets. Mike prétendait parler à son propre père, le soir, dans sa chambre et entendre l'homme lui répondre – Richard Alan Hatford était mort pendant la guerre de Corée.

— Mike est un voleur, aussi, n'est-ce pas ? reprit-elle.

Mike possédait la plus formidable collection de 45-tours, tous dérobés chez Spiney. Mike cherchait parfois aussi à l'entraîner dans les *drive-in* de Phoenix à la recherche de filles. Mais il appréciait Mike. Mike le traitait comme un frère.

— Sûr, menteur, mythomane, bagarreur, voleur... Mike est un vrai Hatford !.. Allez, voilà ton bus, donne-moi un baiser et va retrouver ton cousin.

Il l'embrassa, se précipita à l'arrière du véhicule, colla son nez contre la vitre et regarda sa mère s'éloigner jusqu'à l'instant où sa silhouette disparut à l'horizon. Il demeura ainsi encore quelques secondes, sa main lançant des au revoir dans le vide. En se retournant, il croisa quelques pairs d'yeux posés sur lui, entendit des rires moqueurs auxquels il ne répondit pas.

IV

La route de Phoenix traversait une étendue de terre sauvage cernée par les montagnes. Au loin, l'horizon s'incurvait et formait une voûte. À cette heure, la lumière allumait des foyers sur la roche, embrasait les falaises de gré. Aucune ombre, nulle part, n'arrêtait le regard sinon de temps à autre une colonne de saguaros tendant vers le ciel leurs bras couverts d'épines comme une prière à Dieu. Existait-il ailleurs un monde aussi majestueux, sans commencement ni fin ?

L'homme à côté de Scott feuilletait un journal. Le garçon se mit à lire par-dessus son épaule. Chaque page du quotidien titrait sur la guerre. Khrouchtchev menaçait l'Amérique. Les Soviétiques avaient établi des rampes de missiles nucléaires à Cuba. Les plus grandes villes des États-Unis étaient à leur portée. Une attaque s'avérait imminente. Un demi-million de Marines étaient sur le pied de guerre. Les bâtiments de la Navy patrouillaient sur la mer des Caraïbes. Des bombardiers et des U2 avaient survolé Phoenix. La troisième guerre mondiale était sans doute pour demain.

« Cela t'intéresse, petit ? demanda l'homme.

Scott fit non. Il ne voulait pas entendre parler de la guerre. Son père avait participé à deux conflits armés, combattu en Europe, libéré la Corée. Son père avait abandonné sur les champs de bataille un morceau de sa cuisse et sans doute la plus grande partie de son âme.

— La guerre, reprit l'homme, construit la Nation Américaine, comme le dollar, la famille et la propriété privée. Toutes les générations la connaissent. Toi aussi, tu devras y partir un jour. »

Scott acquiesça de la tête, ouvrit son cartable, en sortit un livre, en entreprit la lecture. L'homme n'insista pas.

Le livre, prêté par son cousin et intitulé *Stories of the Sioux*, avait été écrit en 1934 par un dénommé Luther Standing Bear. L'ouvrage était captivant. Son cousin était toujours d'un goût très sûr. Mam avait été trop sévère avec lui. La vie avait manqué d'indulgence à son égard. Mike avait perdu son père en Corée à l'âge de sept ans. Il n'avait pas connu sa mère Il vivait maintenant chez sa tante maternelle. Et même si, aux yeux de tous, Mike passait pour un affabulateur un peu valdingue, son amitié était précieuse. Mike était intrépide, généreux et fidèle – il venait au secours de Scott lorsqu'on lui tombait dessus au collège. Mike était un conteur hors pair et pour qui n'avait jamais quitté Rolder comme Scott, une source intarissable d'aventures. Il relatait les grandes finales des matchs de base-ball et vous étiez dans les tribunes. Il racontait la guerre, vous étiez un Marine plongé dans la tourmente. Il relatait la vie des filles du collège, elles étaient nues face à vous. Quelle importance s'il n'était jamais réellement monté dans un Boeing 727 de la Delta Airlines, s'il n'avait pas assisté à la victoire des Boxers de Chicago contre les Mets et si son défunt père ne répondait jamais à ses questions dans le silence de sa chambre ?

Mike ne correspondait en rien à l'image de crétin dégénéré qu'il se plaisait à véhiculer – ce garçon qui se servait de ses mains comme de deux battoirs et pouvait ingurgiter d'affilée deux hamburgers chez Walt's. Il suffisait pour s'en convaincre de l'avoir vu, deux mois auparavant, pleurer à chaudes larmes sur la dernière scène de *The Misfits*.

Mike lui avait fait partager sa passion pour les chevaux et les films de cow-boys, du moins ceux ne présentant pas les Indiens comme des sauvages. En une année seulement, Mike l'avait emmené voir : *The Tall Men, The Last Sunset, The Big Trail, The Horde Soldiers, Rio Grande, Two Rode Together, Three Godfathers, The Searchers,* à deux reprises *The Big Land* et un nombre incalculable de fois *Broken Arrow*, premier film à avoir redonné sa noblesse au peuple indien. Récemment ils avaient adoré Marlon Brando dans *One-Eyed Jacks.* Mike l'avait également accompagné pour *The Roots of Heaven*, qui ne parlait ni d'Indiens ni de chevaux, mais d'éléphants et s'était avéré tout aussi bouleversant que *The Big Land.*

Voilà quelques mois, Mike lui avait rapporté l'histoire la plus fabuleuse qu'il ait jamais entendue. Mike tenait ce récit de son père. Richard Hatford la lui avait confiée quelques semaines avant de partir pour la guerre.

Dans la région du golfe de Californie, à une cinquante de miles de l'embouchure du Colorado, une rivière du nom d'East River prend sa source près d'un petit lac à l'est du grand fleuve. East River serpente au milieu de gorges étroites bordées de pins agrippés à la roche. Non loin des eaux du Golfe, la rivière quitte les canyons, s'écoule en pente douce le long de collines de gré. Elle se couvre d'étendues de roseaux, paresse pour se perdre sur un banc de sable brun cerné par les anses d'une montagne dont les falaises plongent dans le golfe de Californie. Aucune carte ne mentionne cet endroit. Sur cette bande de sable ignorée des hommes se produit, une fois l'an, un événement qu'au dire de Mike son père était le seul être humain à avoir vu de ses yeux.

Le jour du solstice d'été, peu après le lever du soleil, la plage se met à résonner d'un grondement sourd. À l'intérieur des terres, une tornade de poussières, descendue de la colline, virevolte au-dessus des eaux de la rivière. La colonne de fumée avance en direction de la mer. Le grondement se transforme en fracas. Soudain surgit la masse informe d'une quinzaine de mustangs dévalant vers la plage. La horde frappe la grève. Les chevaux avancent, alignés comme des frères d'armes. Leurs pattes tambourinent sur le sable. Leur hennissement vibre dans le souffle du vent. Les bêtes défilent, altières, leurs yeux scintillant sous la vive clarté, la robe de chacun empruntant aux reflets du ciel. On pourrait croire qu'une des bêtes donne la cadence tant la chevauchée est sage, le bataillon ordonné. Ce sont de fiers chevaux sauvages dont on devine l'âge avancé à leur grâce un peu lourde, leur lenteur appliquée. Ils poursuivent impassibles leur course. Leurs pattes s'enfoncent dans le sable. Ils trottent dans les vagues. Ils avancent, leurs jambes désormais à moitié recouvertes. La masse de leur corps s'enfonce lentement. Rien ne freine les bêtes, rien ne les effraie. La horde poursuit sa course au milieu des vagues, entraîne derrière elle des torrents d'écume. Les chevaux foncent vers leur ruine. Bientôt seule leur encolure dépasse. Leur queue flotte dans leur dos. Pas un cheval ne renâcle, pas un ne recule. Ils trottent la tête haute, leur regard fixant le lointain. Ils plongent dans les flots sans le moindre hennissement, aucun ne se cabre et aucun ne s'emballe. Est-ce de la détermination ou l'ignorance du danger ? Leur corps entier sombre. Seule leur tête émerge. Pas une de ces bêtes ne rebrousse chemin, pas une ne renonce à son destin funeste. La chevauchée s'abîme entièrement dans les flots. Plus rien ne se devine de ces bêtes splendides. L'écume a submergé les corps. Les mustangs ont disparu au milieu de cet éden. Maintenant les vagues dispersent toute trace des bêtes. Aucun cadavre ne flotte, n'est rejeté sur la rive. L'eau a tout englouti. La mer retient ces corps au fin fond des abîmes. La mer est un tombeau.

Scott en était convaincu, le cimetière des mustangs n'était pas une légende. Jamais Mike n'aurait inventé une histoire pareille. Ce récit constituait l'unique legs de son père. Mike volait, fumait, buvait, il n'aurait pas menti en invoquant la figure de Richard Hatford. Chez les Hatford, on frappait les vivants, mais on respectait la mémoire des morts.

V

Scott descendit du bus sur Washington Street. Une moiteur d'étuve l'enveloppa à peine eut-il posé le pied sur le bitume. À Phoenix le vent ne soufflait pas. La chaleur figeait le temps.

Mike se tenait un peu plus loin sur le trottoir, une cigarette entre les lèvres. Les deux cousins se saluèrent et se mirent à marcher vers l'arrêt du bus 43 qui devait les conduire au collège. Des hommes en costume, le pas pressé, l'air grave, les dépassaient. Des femmes coiffées à l'identique d'un chignon soigneusement roulé, vêtues d'un tailleur le plus souvent de couleur grise, faisaient résonner leurs talons, entraient dans les immeubles de bureau, levaient un bras à la recherche d'un taxi.

« Mike, tu crois qu'il y aura la guerre ? lâcha Scott.

— Il paraît que les Rouges peuvent anéantir nos villes. Mais quel intérêt auraient-ils à viser Phoenix ? Faudrait être vraiment vicieux... Je connais un ancien Marine qui a mis au point une combinaison antinucléaire. Avec ça, nous sommes sauvés.

— Tu pourras en obtenir une pour ma mère ?

— Je passerai la commande. Et j'en achèterai une pour Alison. Je t'ai parlé d'Alison ? »

Il avait maintes fois évoqué Alison, les yeux bleus d'Alison, ses seins voluptueux, ses jambes interminables, cette sensation étrange et inédite qu'il avait éprouvée à l'instant d'immiscer un doigt entre ses cuisses.

« J'aimerais mieux que tu me parles des mustangs.

— Tu es bizarre, tout de même ! Tu préfères les chevaux aux filles ! »

Après un bref instant de réflexion, Mike se mit à raconter l'histoire de la tribu des Navajos quand les Indiens avaient fait d'East River leur fief et y avaient dispersé les cendres des ancêtres. L'endroit était maudit. Ventre Blanc, le cousin de Sitting Bull, avait été précipité, avec l'ensemble de ses hommes, du haut d'une falaise par les soldats de Custer. Longue Natte, l'épouse de Ventre Blanc, ainsi que toutes les femmes du clan, avaient été violées et assassinées à coups de pierres avant d'être jetées du haut de la falaise.

« Tu me crois, n'est-ce pas ?..

— Bien sûr que je te crois, Mike !

— Certains ne me croient pas... Parce que mon père est mort... Les gens pensent que j'invente. Ce n'est pas parce qu'on n'a pas de père qu'on n'a pas de paroles, hein ?

— C'est même le contraire. »

Mike s'immobilisa au milieu du trottoir, posa son cartable au sol, en tira un paquet enveloppé dans du papier journal, le tendit à son cousin.

« Cadeau ! » lança-t-il.

Scott défit le papier d'une main un peu tremblante. Il découvrit quatre livres : *Des nus et des morts* de

Norman Mailer, *La Vie de Geronimo* par S. M. Barrett, *Franny et Zooey* de J.D. Salinger et un recueil de poèmes de Robert Frost. C'était la première fois que Scott recevait quelque chose d'autres mains que celles de sa mère. L'émotion le porta au bord des larmes.

« Inutile de pleurer, cousin. Ces livres ne m'ont pas coûté un cent.

— Tu veux dire que tu les as… volés ! ?

— Tu crois que j'ai assez d'argent pour payer quatre livres neufs ?

— Mais… on ne vole pas un livre !

— Pourquoi ? Je vole bien des disques et des cigarettes ?

— C'est inscrit dans… la Constitution.

— Tu veux rire ? La Constitution m'autorise à acheter une mitraillette… Qu'y a-t-il de mal à voler ce qui est destiné à tous ? Pourquoi on n'y aurait pas accès, nous, à ces livres ? On est coupable de quoi ? De voler ? Tu te trompes, cousin. On est juste coupables d'être pauvres. »

Scott renouvela son refus.

« Je t'offre un cadeau et tu me traites de voleur ? Tu insultes mon nom, la mémoire de mon père !.. Tu es jaloux parce que mon père est mort en héros en Corée ? Pas comme le tien qui s'est tiré une balle dans le pied.

— Qui a pris une balle dans la cuisse.

— Ah, quand il s'agit d'histoires de mustangs, tu veux bien être mon ami. Mais dès que c'est personnel, tu me déshonores ! Tu prends ton air supérieur.

— Je te jure que j'ai pas d'air supérieur.

— Tu t'en aperçois même pas. Tu le fais pas exprès. C'est pire. T'as un air malgré toi.

— Excuse-moi, Mike, je te promets de garder tes livres. Merci, merci du fond du cœur.

— Ah, ben, je préfère ! Un moment j'ai pensé que t'en avais pas, de cœur !

Ils poursuivirent le long de Van Buren dans un silence embarrassé. Au bout d'un long moment, Mike reprit la parole :

— Excuse-moi d'avoir dit que ton père était un planqué… ce n'est pas vrai, mon père respectait beaucoup le tien.

— C'est chouette d'entendre que quelqu'un a respecté mon père.

— Mon père rêvait de suivre son exemple et de participer à un débarquement… Et même s'il y en a que pour D-Day, le débarquement de MacArthur dans la baie d'Inchon, c'était quelque chose, non ?

— Red Beach vaut autant qu'Omaha Beach.

— Pour toi, peut-être. Mais la guerre de Corée, tout le monde a déjà oublié. 50 000 soldats américains tués, c'est pas rien, non ? !.. Le Pays du Matin Calme, tu parles !… Un million de Chinois qui tiraient les boys comme des lapins ! Mon père est mort devant Séoul. S'il avait tenu quelques jours de plus, Séoul était reprise.

— C'est la fatalité, Mike. On peut rien contre.

— Ton père, c'est pas la fatalité, et je m'excuse d'avoir dit que c'était un planqué.

— Tu pensais pas à mal.

— C'est beau qu'il soit allé retrouver son frère. Rien ne l'y forçait.

— C'est ça, l'esprit de famille.

— C'est dommage que la guerre ne récompense pas l'esprit de famille. »

L'après-midi, après la fin des cours, Scott résolut de remettre les livres à l'emplacement où ils avaient été dérobés. C'était un crève-cœur de se séparer du recueil de Frost, un auteur qui exaltait à ses yeux comme nul autre les splendeurs simples de l'Amérique. Trois ans auparavant, le jour de l'investiture du Président, le vieux poète était monté à la tribune après que Marian Anderson avait entonné son chant à la gloire de la Nation. Frost avait récité le poème préféré de Scott, « The Gift Outright », juste avant que le Président prête serment. Mais le discours du Président était plus beau que tous les vers jamais écrits. « *Je crois qu'aucun de nous n'échangerait sa place avec aucun autre peuple, aucune autre génération. L'énergie, la foi, le dévouement que nous manifesterons éclaireront notre patrie et ceux qui la servent, et la flamme de ce feu brillera sur le monde. Voilà pourquoi, chers compatriotes, ne demandez pas ce que votre pays peut faire pour vous. Demandez-vous ce que vous pouvez faire pour votre pays.* » « *Et la flamme de ce feu brillera sur le monde* » : ces mots auraient pu être écrits par Frost.

Scott erra dans le quartier de Glendale avant de tomber devant la librairie Wenstone, à l'angle de la 51e et de Van Buren Street. Il dissimula les livres sous son blouson et pénétra dans la boutique, l'air le plus détaché possible. Une fois à l'intérieur, il se présenta au libraire et entama la conversation dans l'intention de s'assurer la bienveillance de l'homme. Il évoqua la mort de Faulkner, un événement vieux de quelques mois seulement et qui, dans son esprit, ne pouvait laisser indifférent l'homme face à lui. Après un bref discours en forme d'hommage au défunt, Scott s'enquit auprès de son interlocuteur de l'enseignement à tirer de l'œuvre de Faulkner. Le libraire, un homme de petite taille, au visage austère, regardant derrière ses lunettes à montures cerclées, tint quelques propos laconiques sur l'écrivain tout en continuant de lire une revue. Lorsque Scott aborda la question des héritiers de Faulkner, le libraire expliqua qu'il fallait voir avec la famille ou jeter un coup d'œil au deuxième rayon de la grande bibliothèque à H comme Heller, Joseph Heller. *Catch 22* était un peu la version moderne *d'Absalom ! Absalom !* Hommage ou plagiat ? Au lecteur de trancher. Tandis que Scott se dirigeait vers l'endroit indiqué, il entendit le libraire lancer dans son dos : « Vous portez un joli blouson, jeune homme, dommage qu'il soit un peu serré à la taille. » Scott ne cilla pas. Il réprima sa peur lorsqu'un grincement de porte se fit entendre. Des bruits de pas résonnèrent sur le parquet. Scott crut que le shérif du comté venait l'arrêter. Une voix lança « Hello, Charlie, comment vas-tu ?.. » Le libraire répondit : « Comment veux-tu que j'aille, Bill ? Les missiles de Khrouchtchev vont tomber sur nos têtes. L'Apocalypse est pour demain… De quoi sommes-nous punis ? Nous avons seulement voulu répandre le Bien sur le monde et versé notre sang dans cet unique but. Avons-nous failli autre part ? Il est temps de se poser la question de pourquoi nous vivons. J'ai longtemps cru que la réponse était dans les livres. Je crois que je me suis trompé. Et si la réponse était dans l'air que l'on respire, la beauté de nos femmes, la fierté de nos fils, le souvenir de nos jeunesses ? Un jour, Bill, tu m'as posé la question du livre que j'apporterais sur une île déserte. Tu veux ma réponse, celle du plus vieux libraire de la ville : ni Shakespeare, ni Pound, pas Hawthorne et pas même la Bible. Les livres m'ont détourné de la vie, Bill. Les livres sont le produit de la douleur et ils transmettent la douleur. N'y cherche plus la vie, Bill, elle est partout ailleurs.

« Tu parles sous le coup de l'émotion. Peut-être que nous allons mourir, mais est-ce une raison pour anéantir ce que nous avons aimé ? Les Whitman, les Sinclair ont fait de nous des hommes.

— J'ai perdu la foi, Bill. Jette un coup d'œil sur les étals. On a enterré Hemingway et Faulkner. Hammett, Wright et McCoy ont disparu, et regarde ce qui nous vient : Richard Stern, Salinger, Philip Roth, Ginsberg, Nabokov, Paley ! Ce sont eux qui vont faire revivre la conscience de l'Amérique ?.. La névrose, ils n'ont que ce mot à la plume. Crois-tu qu'Ezra Pound et Hemingway étaient névrosés ?.. Les écrivains new-yorkais ne parlent que du *moi*. Mais la littérature américaine, c'est le *nous* ! Papa l'avait compris. Notre littérature, c'est l'épiphanie transcendantale, le Baptême et la Rédemption ! Le grand roman est mort, Bill, et ce ne sont pas les nains d'écrivains new-yorkais recroquevillés sur leur ego qui pourront le ressusciter. Allez, prions pour que cette mascarade s'arrête au plus vite.

— Qui sait, Charlie, si le Seigneur nous épargne, peut-être qu'à la prochaine élection Nixon l'emportera sur ce dépravé de Kennedy. L'Amérique retrouvera peut-être des Eliot et des Whitman. *Oui à la tâche, héros ! Moissonnez les moissons !...*

— *Notre Mère à Tous, forme expansive, yeux lumière claire !...* Ce qui m'inquiète, Bill, c'est que Nixon n'a jamais ouvert un bouquin. Mais enfin, lui au moins ne connaît pas la névrose. »

Durant la conversation, Scott s'était dérobé au regard du libraire et avait replacé les livres à leur place. En ressortant, il eut l'impression d'être un voleur ayant réussi son coup. Sous le coup de l'émotion, et comme saisi par sa propre audace, il trouva cette sensation grisante.

À l'angle Glenwood-Richmond, Scott prit le bus pour Rolder. Un moment plus tard, il vit Phoenix s'éloigner lentement sous le soleil couchant. Le crépuscule tombait sur la plaine. Au loin, des aiguilles et des pics se détachaient dans le ciel, statues tournées vers la nuit éternelle. Les sommets des collines ondulaient à l'infini sous la lumière spectrale d'une lune montante. La splendeur du monde resplendissait à l'ombre des grands rocs. Il sortit de son cartable *Story of the Sioux* et reprit sa lecture là où il l'avait interrompue.

VI

Descendu à l'arrêt de Rolder, Scott marchait vers chez lui, sur la route 17. Le souffle du vent murmurait des airs dans le calme du soir. De temps à autre éclataient les rires de cristal que lançaient, des collines, les lynx et les coyotes. Il contemplait le ciel. Il tenait en équilibre sur la lueur des ondes, dansait au milieu des étoiles, sondait tout l'horizon et plus rien n'était triste, amer ou désolé, la nuit avait vaincu tout ce qu'était le jour. Il embrassait du regard le lieu de son enfance, là où tout commençait, où rien n'avait de fin, là où Mam et lui, demain, leur vie entière se croiseraient tous les jours, là où elle émergerait de l'immense clarté, les traces de sa présence flottaient encore dans l'air puisque le vent n'efface jamais l'empreinte de ses pas, il sentait son parfum dans le flot d'arômes descendant des collines, le parfum de sa mère, un peu sec, un peu fort, imprégnait la pénombre ondoyante du soir, l'accompagnait sur chaque endroit de la terre, ce parfum imprimé dans l'air que l'on respire, glissant au long de la vallée dans le tendre soir d'octobre où nulle guerre n'adviendra, ne viendra déranger l'univers ni bouleverser le monde, rien ne viendra jamais briser l'ordre établi, descente du bus au matin, promenade dominicale, communion solennelle, prière main dans la main, et Mike le rejoignait dans l'ombre bleutée de la nuit tombant sur la plaine, vivre des aventures, raconter de folles équipées, rapportant d'autres récits des exploits de son père, puisque les pères sont vaillants, accomplissent des actes de bravoure, réussissent mille prouesses, ouvrent la route aux fils, la route de la nuit où dorment les étoiles et la route du jour allumant des brasiers, révèlent les passions, donnent leur air triomphant aux aînés, écartent les fantômes de la nuit, survivent aux cendres des années. Il marchait au milieu du cortège, et la route se poursuivait après Rolder, et plus loin que Phoenix, au-delà du Colorado, loin derrière les montagnes.

Il arriva aux portes de la ville. Il marcha le long des trottoirs. Les maisons s'éclairaient sur son passage. Les intérieurs s'animaient. Des braillements d'enfants se laissaient entendre. Il dépassa Lincoln Avenue, prit par Dylan Road, puis, longeant Roosevelt Street, se laissa attirer par l'odeur de viande grillée qui montait des cuisines de chez Duby's et décida d'entrer se restaurer.

Assis au comptoir, Scott rougit quand Jenny, la serveuse, s'approcha pour prendre la commande. Il choisit un hamburger et un Pepsi, et baissa le regard lorsque, quelques minutes plus tard, la jeune fille vint porter son plateau. Chaque fois qu'elle se tenait face à lui, Jenny suscitait le même et irrépressible sentiment de trouble. Ce n'était ni sa beauté, ni la teneur de sa conversation. Plutôt la sorte de sensualité sauvage et un rien dépravée qui émanait de cette fille.

En sa présence, il éprouvait un ravissement coupable du même ordre que devant les revues érotiques entassées dans la chambre de son cousin Mike.

Jenny portait ce jour-là l'uniforme de rigueur chez Duby's, une jupe rouge et une chemisette bleue dont les deux derniers boutons étaient ouverts, contrairement aux exigences du règlement. Ses cheveux, qui d'ordinaire descendaient jusqu'aux épaules, étaient remontés en chignon. Son rouge à lèvres lui mangeait le visage. Elle se pencha vers lui, planta le regard dans sa direction et dit : « Scott, cela fait longtemps que j'aimerais te poser la question. Tu as déjà vu Elvis danser, n'est-ce pas ? Eh bien, sais-tu que tu as la même façon de te déhancher ? Je suis sûre que tu n'as pas conscience de cela. Ton pouvoir de séduction est énorme, tu sais. Et ce n'est pas une question d'âge, on raconte qu'Elvis a eu sa première relation à huit ans, avec une prostituée, tu es déjà allé voir une prostituée ? Avec ta gueule d'ange, je préfère que tu dépenses ton argent chez Duby's, parce que, chez moi, ce genre de chose n'est pas monnayable. Attention, ne pense pas que je fais ces propositions à tous les gars qui passent dans ce foutu restaurant et me reluquent comme si j'étais un morceau de viande. Non, il n'y a qu'avec toi que je pourrais me laisser aller à un écart, parce qu'avec un autre ce serait tromper Ted, mon fiancé, et pour moi la fidélité, c'est sacré, mais il ne faut pas non plus fermer la porte au plaisir, est-ce que tu lui as déjà ouvert la porte, au plaisir, toi ? Regarde, j'ai les clés, là, au troisième bouton, tu rougis, hein, tu es encore plus charmant quand tu rougis, ça te donne l'air ahuri, tu as le regard de Ted quand il me déshabille, sinon tu as un regard très profond, très sensuel, encore Elvis tout craché, tu sais, on raconte que le King a eu un fils quand il avait 13 ans, c'est peut-être toi, renseigne-toi auprès de ta mère, bien entendu, pas un mot à ton père, la dernière fois que je l'ai vu, ton paternel, il venait de mettre son poing dans la figure de Jack Duby parce qu'il lui reprochait de vendre du gin frelaté. Du gin frelaté ! Comme si c'était le genre de la maison. Il est un peu spécial, ton père, attention, je dis pas que c'est un mauvais gars, et je dis pas non plus que l'alcool du vieux Jack est toujours de première qualité. Ton père, je l'observe parfois depuis le comptoir, il sirote son gin en silence, à la table du fond, de temps à autre, il glisse une pièce dans le juke-box, je suis sûr que tu ne connais pas sa chanson préférée, c'est *Come Fly with me* de Frank Sinatra, à égalité avec *High Hopes*, c'est un sentimental, ton père, avec des apparences trompeuses, bon, Sinatra, ce n'est pas trop mon style, vu que, tu l'as compris, mon style c'est Elvis, à la vie à la mort, et puis ton père, c'est un peu de l'histoire ancienne vu que maintenant il n'a plus trop le droit de cité dans la maison eu égard au nez brisé du vieux Jack, on peut dire qu'il a la main lourde, ton paternel, enfin je ne vais pas t'apprendre ça, j'ai remarqué ton œil au beurre noir v'là un mois, il y a des rapprochements qui s'imposent, même pour une serveuse un peu écervelée si, si, je suis consciente de mes limites, mais on n'est pas forcément meilleur quand on est plus intelligent, il n'y a qu'à voir Lindon Jackson qui porte la méchanceté sur son visage, attention, je suis consciente aussi de mes atouts, une femme c'est un ensemble, un ensemble rond, tu l'apprendras avec l'âge, parce que je suis sûr, que tu vas en avoir, des femmes à ton cou, ça se devine très jeune, les gars comme toi, qui ont l'air d'être toujours ailleurs, ça nous attire, je sais pas pourquoi, et puis on finit avec des gars comme Ted qui donnent toujours l'impression d'être là, ça pèse au final, bon tu as déjà fini ton hamburger, on peut dire que tu prends pas le temps de déguster ce qui est bon, en tout cas, si tu veux croquer avec moi ton premier fruit défendu, sache que Ted est en garnison à Fort Lewis, Washington, pour encore trois mois, et vu qu'il n'en saura rien, ce ne sera pas vraiment tromper, puisque l'infidélité, c'est seulement dans la tête, cinquante cents de pourboire, en plus d'être beau, t'es généreux, toi, allez, reviens vite, belle gueule. »

Il sortit, désarçonné par les propos de Jenny. Sa proposition était-elle sérieuse ou bien la fille se moquait-elle de lui ? Et si la nouvelle parvenait aux oreilles de Ted ? Il connaissait Ted. Sa carrure de colosse abritait un cœur d'or. Et Ted était un Marine. L'Amérique était sur le point d'entrer en guerre. Des troupes avaient été amassées en Floride. Une allocution présidentielle était annoncée pour le soir même, quelque chose de la plus haute importance. Le Président allait parler à la Nation. Le 22 octobre 1962 resterait peut-être une date importante. À Fort Lewis, Ted devait se tenir prêt. Regarder Jenny constituait déjà une atteinte au moral des troupes, lui répondre, c'était se comporter en traître à l'Amérique. Il s'arrêta devant la vitrine de Bob's Shoes, s'observa en train de marcher, scruta le reflet de sa propre silhouette. Non, rien, ni dans sa démarche ni dans son visage, ne pouvait évoquer la figure ou le déhanché d'Elvis.

Il avançait dans la pénombre, au milieu des rues désertes enveloppées de grisaille. Il sentit monter en lui une angoisse. L'image de la Winchester pointée sur son père surgit dans ses pensées. Il se remémora la fureur glacée de l'homme visé. La scène entière se rejoua dans son esprit, serments de haine éternelle, brutalité sauvage, menace de mort, triomphe du chaos. Tout cela s'était passé la veille. Vingt-quatre heures de sa propre existence avaient pu dissiper le souvenir du drame. Mais son père avait-il pu oublier un tel événement ?

La colline de « The Street » était plongée dans un étau de brume. Quelques lueurs se laissaient distinguer au loin, tremblantes dans le soir. Il n'aurait su dire précisément de quelles maisons elles provenaient, et si c'était chez lui, si son père était là. Le vent soufflait vers lui un bruit lointain d'orage. Tout lui semblait froid, hostile, porteur de lourds présages. Il avait vu la ville, maintenant il était seul. Et cette solitude, d'ordinaire chérie, le terrifiait. Qui donc nous tend la main tout au long des abîmes ?

Il distingua précisément un halo de lumière émanant d'une fenêtre de la maison. Son père était rentré. Non, la mise en joue n'avait pu être effacée de son esprit. Une vie entière n'y suffirait sans doute pas, dimanches de prières, demandes d'absolution et suppliques de grâces. L'image du canon ne serait pas engloutie dans le puits du sommeil que procure l'ivresse. Le geste de défi ne tomberait jamais dans l'oubli. La guerre avait fait des ravages dans le cerveau de son père, détruit l'usage des sentiments, éteint le centre des émotions, élevé un monceau de ruines à la place du cœur. La guerre avait laissé intacts les rouages de la mémoire. La colère s'abattrait dès la porte franchie.

Scott avait bravé l'antique loi des hommes, menacé de mort son propre géniteur. Son crime était trop grand pour être pardonné. Il devait maintenant répondre de son délit. Son père avait été victime, son père serait le procureur. Le fait d'être venu au secours de sa mère ne plaiderait pas en sa faveur. Sa peine serait commuée en châtiment corporel. Il avait l'habitude d'être cogné. C'était un enfant battu de naissance.

Il ignorait quelle attitude adopter face à son juge. Conserver un semblant de dignité ? Aller tête basse, le dos courbé, tendre une joue puis l'autre ou prononcer une parole d'apaisement, souhaiter humblement le bonsoir à son père quelques heures après avoir juré sa mort ?

Il se retrouva au milieu de Los Lobos. Des rires en cascade, des bruits de voix joyeuses s'élevaient des maisons et délivraient la route des spectres menaçants qui la peuplaient de jour. C'était l'heure du dîner. Des silhouettes de femmes laissaient des travées d'ombres aux fenêtres. Rien ne demeurait plus de rude et d'agressif. Quel était ce mystère ? Vers où s'envoleraient demain les murmures enjoués ? Qui donc, le jour venu, étouffait les rires et laissait se lever les clameurs ?

Il marchait, les yeux rivés à la lueur lointaine comme un insecte vole vers sa fin. Je viens vers toi, mon père, je sais que j'ai fauté. Il sentait son cœur battre et ses tempes cogner. L'écho des injures passées résonnait dans l'obscurité. Les étoiles avaient fui au-dessus de lui. Les forces de la nuit semblaient se rassembler en ces tristes parages. Tout est écrit, Seigneur. Je n'attends ni consolation, ni soutien.

Il franchit la balustrade, traversa le jardin, parcourut la véranda, se retrouva face à la porte. Il retint sa respiration, tourna lentement la clé dans la serrure. Le salon était plongé dans la pénombre. Depuis le fond de la pièce, l'écran de télévision répandait une lumière blafarde. Il avança d'un pas, vit son père affalé sur le canapé, ses bottes posées sur la petite table, une canette de Pelfort dans une main, les yeux rivés sur l'écran. Il fit un autre pas. Son père ne détourna pas le regard. Il avança encore. Rien ne se produisit. Comme s'il n'existait pas, ses pas ne grinçaient pas sur le parquet, son souffle n'était pas perceptible, sa peau ne dégageait aucune odeur, le vent n'avait pas pénétré derrière lui une fois la porte ouverte, il était réduit à néant. Celui qui cesse d'exister aux yeux de son père est-il en droit d'attendre quelque chose du monde ? Il était comme un spectre au milieu du salon. Il fit un autre pas sans plus d'effet. Jeffrey Hatford regardait son programme préféré, l'émission de Ted Mach sur CBS. À l'écran, chanteurs, magiciens, acrobates exécutaient un numéro jusqu'à ce que les huées du public les renvoient en coulisse. Il se sentit coupable du silence de son père. Il chercha au hasard la voie du rachat, prononça un « hello ». Son salut ne déclencha aucune réponse. Je suis tenu pour mort. Il rejoignit sa chambre, ombre parmi les ombres, n'ayant plus rien à redouter, rien à craindre de l'existence, mais porté disparu, victime en quelque sorte de l'adversité et du malheur.

Assis sur son lit, il hésita entre le soulagement et la peur. Peut-être échapperait-il à la colère, il éviterait les coups, se soustrairait à la punition, éluderait les questions sur sa faute. Mais il n'était plus le fils de personne. Il s'allongea. Le bruit du monde lui arrivait en expirant depuis le salon. L'émission de Ted Mach fut interrompue. Le présentateur Walter Conkrite prit l'antenne, la voix plus sombre qu'à l'ordinaire. Quelque chose de grave était en train de se passer, un événement comme l'Amérique n'en avait connu qu'une fois dans toute son histoire, vingt ans plus tôt, lorsque les Japonais avaient attaqué Pearl Harbor, oui, ce qui se tramait était de cette dimension-là, une menace d'ordre vital, peut-être Pearl Harbor était-il un mauvais exemple, peut-être n'existait-il rien par le passé qui puisse rappeler l'horreur de ce que nous vivions là, ce drame inédit dans l'histoire de l'Amérique et dans l'histoire de l'Humanité, la promesse de l'Apocalypse nucléaire, le risque de la fin du monde, la peur devait être immense dans les maisons, dans les esprits, l'instant était terrible, il était temps d'écouter le Président, maintenant John Fitzgerald Kennedy allait s'adresser à la nation.

« *Bonsoir, mes concitoyens. Comme il l'avait promis, le gouvernement a maintenu la plus haute surveillance sur le renforcement militaire soviétique dans l'île de Cuba**. » La voix du Président s'élevait dans la nuit, résonnait dans la pièce et réchauffait le cœur. « *Durant les dernières semaines, des preuves irréfutables ont établi qu'une série de rampes de lancement de missiles offensifs était en construction sur cette île*

* Les extraits du discours télévisé prononcé par John Fitzgerald Kennedy le 22 octobre 1962 sont tirés de l'ouvrage de Robert Kennedy, *13 jours : la crise des missiles de Cuba*, traduction de Madeleine Chapsal, nouvelle édition, Grasset, 2001.

prisonnière. La raison d'être de ces bases ne peut être que de fournir une force de frappe nucléaire contre les États américains. » Le Président s'exprimait d'une voix ferme, une voix qui savait trouver les mots, apaisait les frayeurs. « *Au reçu des premières informations solides de cette nature, j'ai donné l'ordre d'intensifier la surveillance. Ayant obtenu la confirmation et ayant procédé à un examen exhaustif des preuves à disposition et arrêté sa décision sur sa ligne d'action, ce gouvernement s'estime dans l'obligation de vous rendre compte en détail de cette nouvelle crise.* » Cette voix ne tremblait pas, voix triomphante de l'Amérique aux accents d'intrépidité, aux inflexions de sagesse. « *Les caractéristiques de ces nouvelles bases de missiles permettent de distinguer deux types d'installation. Plusieurs d'entre elles comprennent des engins balistiques à portée moyenne capables de porter une ogive nucléaire à une distance de plus de 1 000 miles marins. En d'autres termes, chacun de ces missiles est capable d'atteindre Washington, le canal de Panama, Cap Canaveral Mexico ou n'importe quelle ville de la partie du sud-est des États-Unis, de l'Amérique centrale ou des Caraïbes.* » Soudain la voix se tut. Un sourd grésillement se fit entendre. Le téléviseur, acheté un an auparavant pour quelques dizaines de dollars dans une solderie de Capitol Street, et qui tombait régulièrement en panne, avait cessé d'émettre. Après une longue interruption – le temps nécessaire à Jeffrey Hatford pour régler les boutons et l'antenne – John Fitzgerald Kennedy poursuivit. « *Les années 30 nous ont enseigné une leçon claire : l'agressivité, si elle n'est pas réprimée, conduit inévitablement à la guerre.* » Scott répéta intérieurement les mots du Président. « L'agressivité, si elle n'est pas réprimée, conduit inévitablement à la guerre. » Il contempla la photographie de Jack clouée au mur. Il avait l'impression que le Président s'adressait à lui en particulier. « L'agressivité conduit à la guerre. » Comment le Président pouvait-il avoir raison sur tout, expliquer le monde et parler aussi de Jeffrey Hatford ?

En ces jours terribles, le Président savait trouver les mots parce qu'il avait déjà connu le pire. Dans la nuit du 1er août 1943, lorsque le PT 109, le Patrouilleur Torpilleur qu'il commande, est coulé par un navire japonais, Jack ordonne à ses hommes de s'accrocher à l'épave en flamme. Jack tient entre ses dents les sangles du gilet de sauvetage d'un des hommes blessés. Jack guide ses soldats jusqu'à Plum Pudding Island, aux mains des Japonais. Après plusieurs jours sans nourriture ni eau, Jack conduit les rescapés vers la délivrance. Il a sauvé ses hommes de la noyade et de la faim, il sauvera le peuple américain du naufrage annoncé. « *J'ai ordonné que les premières mesures suivantes soient prises immédiatement. Premièrement, pour arrêter ce renforcement offensif, un blocus rigoureux est institué sur tous les chargements de matériel militaire offensif en direction de Cuba. Tous les navires faisant route vers Cuba, quel que soit le port ou le pays d'origine, seront refoulés s'ils sont pris à transporter des armes offensives. Ce blocus sera étendu, si nécessaire, aux autres types de chargements ou de…* » La voix se tut à nouveau et fut remplacée par un crépitement de friture. Des injures furent lancées. Jeffrey Hatford accusa les Soviétiques, les Mexicains, les Noirs, les Juifs et tout ce que Washington comptait de politiciens, d'avoir brouillé l'image, d'ourdir un complot contre lui. Après quoi le divan grinça, les lames du parquet craquèrent. Des bruits de bottes résonnèrent dans le salon, se propagèrent dans le couloir. Les pas approchaient, la peur grandissait. Scott songea au Président. Il devait suivre l'exemple de Jack. Marcher sur ses traces. Ne pas élever la voix. Ne pas céder à la panique. Rester maître de soi, dominer ses craintes. Ne pas aviver la colère. Ne pas provoquer par sa présence. Ne pas compter les minutes, ne plus compter les heures. Ne rien attendre de la nuit, ne rien attendre du jour. Ne pas faire étalage de soi, se dissimuler, taire sa détresse, sa révolte, sa peine et jusqu'aux battements de son cœur. S'endurcir, rester de marbre, immobile, retenir son souffle, contenir ses larmes, saisir le soir et saisir l'ombre. Se mordre les lèvres, ne pas pleurer. Se soumettre à la loi des hommes, désapprendre la justice, oublier ce qui est vrai, tout ce qui a de la grandeur, ce qui éclate de beauté. S'éclipser, se fondre dans l'espace, le silence des forêts, se projeter en une terre lointaine au cœur d'un grand pays sublime, avancer les mains nues, le front lavé d'injures, avoir l'audace d'être rien, abandonner ses forces, ses espoirs, ses tristesses, quitter ce jour sans fin, sombrer dans le sommeil, se réveiller à l'aube, se couvrir de douleur, n'oser ni regarder, ni entendre, s'envelopper de mystère, hôte précaire du soir, prendre la vie en haine, devenir une pierre, se retirer du monde, courir sur l'abîme, errer parmi les anges, se rendre invisible, tomber dans l'oubli, effacer toute trace de soi. Disparaître.

La silhouette de son père s'inscrivit dans l'embrasure de la porte dans un calme d'embuscade. Après quoi l'homme pénétra dans la chambre et s'immobilisa devant le lit, son ombre projetée sur le mur entre le crucifix et la photographie du Président. Face à ce visage hostile, s'efforcer de rester calme, de ne rien afficher dans l'expression qui eût pu être considéré comme un défi à l'ordre, une provocation.

« C'est toi qui as modifié les réglages de la télé ? » Scott nia. « Lève-toi quand je te parle. » Scott se redressa. « Baisse les yeux devant ton père ! » Il soutint le regard de l'homme. Une première gifle s'abattit. « Obéis à ton père. » Il n'esquissa aucun geste. Une deuxième claque tomba. Il baissa les yeux. « Regarde-moi quand je te parle ! » Il demeura les yeux au sol. Un troisième coup claqua. Il releva la tête. « Tu as voulu me tuer hier ? »

Il ne se sentit coupable d'aucun crime. Il n'émit aucun regret, il ne proféra aucune excuse. Il ne se justifia pas, ne dit rien de ses intentions.

« Un jour, c'est moi qui vous tuerai, toi et ta mère, après quoi je me logerai une balle dans la tête… À moins que tu ne préfères que je commence par la fin ? »

Il fut sommé de répondre. Une averse de coups s'abattit sur lui. Sa détermination vacilla. Il contempla le crucifix sur le mur. Éternel, tu es mon sauveur, et tu es ma foi.

Son père exigea qu'il implore à genoux sa clémence. Il demeura debout, sans un mot. Je ne m'agenouille que devant le Seigneur. Tu n'es pas le maître du monde. Tu n'es pas maître de ta personne. L'homme qui préside à la marche du monde ne demande à personne de se prosterner devant lui. Pendant quelques secondes, son esprit s'abandonna à la seule contemplation de la photographie du Président. Il revit en pensée les images de JFK en famille. Jack sur un voilier avec ses enfants. Jack tenant le gouvernail. Jack soulevant son fils entre ses bras, Jack faisant danser sa fille. Jack souriait à Jackie comme Jack souriait au monde ; et le monde et la vie souriaient à Jack. Jack était un père modèle et Jack était le modèle américain. Jack incarnait l'Amérique, celle des pionniers et celle des soldats, celle des hommes de ce pays et celle des enfants de ce pays, le rêve américain et le passé glorieux de l'Amérique.

Son père comprit que Scott n'était pas tout entier à son propos. Il se retourna vers le mur. Il tendit la main vers le crucifix puis se ravisa, s'approcha de la photographie de Jack, s'en saisit, la déchira. « Ne t'avise plus de placarder une photo de cet agent du socialisme, ce traître à la patrie. » Il jeta les bribes de papier au sol.

Scott fut traité de chien, sa mère de putain. Il était le fils d'une putain. Seigneur, protège-moi de la colère et protège-moi de la haine. Il reçut une autre gifle et eut l'impression que du sang coulait au fond de sa bouche.

« Tu as le regard moqueur, tu me nargues ! »

Scott se demanda si quelque lueur de mépris s'était glissée dans son regard. Il aurait souhaité que son regard fût comme éteint. Il aurait aimé que tout s'éteignît en lui. Seigneur, toi qui fais des miracles, rends-moi invisible aux yeux de mon père. Fais de moi une ombre, transforme-moi en poussière.

Son père défit la ceinture de son pantalon. Scott comprit ce que ce geste signifiait, il se retourna, baissa son pantalon. Les coups s'abattirent. La boucle de la ceinture zébra le haut de ses fesses. Il contempla le crucifix. Seigneur, haïr l'auteur de mes jours, n'est-ce pas te haïr aussi ? Peut-être Dieu le mettait-il à l'épreuve. Son père n'était qu'un messager, ange porteur de la parole céleste – l'ange exterminateur.

« Tu me dois le respect, tu comprends ? ! »

Son père n'avait aucun respect pour la personne humaine. Seigneur, comment une de tes créatures peut-il battre une autre de tes créatures, un père battre son fils au sang ? Quelle sorte d'homme était son père ? Quelle sorte de père était Jeffrey Hatford ?

Les coups de ceinture continuèrent de cingler sur son dos. Il s'effondra sur le sol. Les coups s'interrompirent. Les bouts des bottes lui faisaient face, à quelques centimètres de son front, leur pointe laissant flotter une menace d'écrasement. Les jambes de son père semblaient interminables vues du sol, leur ombre immense sur le parquet. Son père était un géant maléfique, colosse aux bottes de cuir, créature abjecte, ogre dévoreur d'enfants, tyran triomphant. Les bottes firent un pas en arrière, la botte gauche plus lentement que la droite. La menace s'écartait. Les talons se tournèrent, plus lentement le gauche. Les bottes s'éloignèrent dans un bruit de grincement. L'ombre se retirait. Les jambes se dirigeaient vers la porte, une jambe traînant derrière l'autre. La porte se referma.

Il demeura allongé, immobile, les yeux fixés sur la porte, redoutant que l'ombre ne reparaisse, plane à nouveau sur lui. La porte resta close. Quelques injures furent lancées depuis l'autre côté du mur. Il perçut le bruit d'affalement d'un corps sur le canapé. Il resta sans bouger, la tête contre le plancher. Malgré la douleur, il se sentait bien. Il n'avait pas vraiment pleuré. Il n'avait pas cédé aux injonctions. Il ne s'était pas laissé intimider lorsque son père avait défait la boucle de sa ceinture. Il avait contenu ses cris lorsque les coups s'étaient abattus. Ses lèvres n'avaient murmuré aucune injure. Il avait respecté le commandement de respecter son père. Il était resté un bon chrétien. Il ne se sentait coupable de rien.

Il considéra les bribes de la photographie éparpillées sur le sol. Il les récupéra une à une, trouva dans un tiroir un tube de colle et une feuille de papier, s'assit à son bureau. Il étala la colle sur la feuille, disposa les fragments déchirés. Il avait devant lui un puzzle dont le motif était un visage. Il assembla la bouche avec les joues, trouva l'œil gauche, puis le droit, plaça le nez au milieu de la figure, remit les morceaux du front en place. La figure du Président était reconstituée. Il lissa la feuille. Voilà, Jack lui souriait à nouveau.

Il contempla la figure de JFK. Il se demanda si le Président avait pu nourrir des sentiments de haine envers son père, Joe Il avait lu un livre entier sur Joe Kennedy – et tout ce qui, à la bibliothèque du collège, concernait les Kennedy. Ce qu'il en avait retenu : Joe Kennedy était un être abject, dévoré d'ambition, aveuglé par sa haine des juifs, un être sans foi ni loi, ignorant des principes et bafouant la morale, préférant Hitler à Roosevelt. Comment un tel salopard pouvait-il avoir donné naissance à un homme exemplaire, le héros de ce monde, l'homme qui guidait nos pas ? Le Président s'était-il un jour révolté contre Joe, avait-il songé, une fraction de seconde, à tuer son père ? Le livre n'en disait rien.

VII

Des bruits de tintement résonnaient depuis la cuisine. La porte du réfrigérateur s'ouvrait et se fermait. De l'huile crépitait dans une poêle. Verres et couverts étaient posés sur la table. Une odeur de bacon lui monta aux narines. Il entendit sa mère lui enjoindre de se lever et de ne pas traîner. Elle avait préparé le petit déjeuner. Il devait se presser. Ils étaient déjà en retard pour aller à l'église.

Au ton de voix enjoué, il comprit que son père était déjà parti – le dimanche matin, l'homme mettait un point d'honneur à quitter la maison avant que Mam fût revenue de sa nuit de travail.

Il s'étira, regarda par la fenêtre, vit dans le bleu du ciel le pur ruissellement de la vie infinie. Le Jour du Seigneur était jour de fête.

« Sors de ton lit, mon ange ! Nous allons encore nous faire gronder par le révérend ! » Il ressentit une douleur au bas du dos, se souvint de la veille, les hurlements de haine, la violence des coups, fila jusqu'à la salle de bain, s'observa dans le miroir, fut soulagé de constater que son visage ne conservait aucune trace des coups. Peu importaient les cicatrices zébrant le haut de ses fesses. Une fois sa chemise passée, Mam ne s'apercevrait de rien.

« S'il te plaît, cria sa mère, choisis-moi une robe. »

Après s'être habillé, il entra dans la chambre, ouvrit grand le placard, hésita entre les toilettes, opta pour la robe à volants qui descendait à mi-mollets, la déposa sur le lit, alla à la cuisine. Quelques minutes plus tard, sa mère parut, face à lui, et effectua de petits tournoiements sur elle-même. « Je te plais ?.. Ce serait bien un exploit, vu la robe que tu m'as choisie. » Que reprochait-elle à cette robe ? « C'est la seule qui me vient de ma mère. Et je crains qu'elle ne l'ait elle-même tenue de sa propre mère. » Il but son jus d'orange, mangea son bacon. « Pour toi, tout ce qui frôle le genou est à bannir. » Il ne comprenait pas. Elle s'approcha de lui, le couvrit de baisers. « Monsieur ne saisit pas ? » Elle éclata de rire.

Il monta le son du transistor posé sur la table et prêta l'oreille. Les informations parlaient de la crise des missiles. Un vent de panique soufflait sur l'Amérique. Les magasins d'alimentation avaient été dévalisés. On faisait provision de vivres. L'essence allait bientôt manquer. Dans un extrait d'interview, le sénateur Capehart reprocha au Président la mollesse de son discours télévisé et proposa d'anéantir Cuba sans délai.

« Mam, que fera-t-on s'il y a la guerre ?

— Il n'y aura rien du tout.

— Tu as entendu le sénateur Capehart ?

— L'Indiana a toujours mal choisi ses représentants. Le Président sait ce qu'il fait. »

Il creva le jaune d'un de ses œufs, sauça. Pour quelles raisons, alors, ces exercices d'alerte au collège ?

On leur avait appris à enfiler des masques à gaz trop grands pour eux qui glissaient sur le front, écrasaient le nez, empêchaient de respirer. On leur avait fait répéter des séances d'évacuation, quitter une salle en rang dans le calme. Un officier de réserve leur avait expliqué comment s'abriter sous leur table de classe si une bombe atomique explosait, la position à adopter, la meilleure manière de se recroqueviller sur soi.

« Les gens aiment se faire peur. »

Il leva des yeux admiratifs sur sa mère. Elle n'était allée faire aucune provision. Elle ne redoutait pas le lendemain. Les missiles nucléaires, Khrouchtchev ou son père n'éveillaient en elle aucun sentiment de frayeur. Sa mère ne craignait rien, ni personne.

« Bois ton jus d'orange ! s'écria-t-elle en le faisant sursauter. Le révérend Simpson va nous interdire l'entrée de son église si nous arrivons encore en retard ! »

Ils marchaient dans la ville, tous les deux, côte à côte, elle s'appuyant sur lui et retenant son pas. La tiédeur du matin circulait autour d'eux. Une lumière blonde inondait l'atmosphère. La brume ensoleillée, la vallée de Rolder, les montagnes, et au-delà des crêtes, plus loin que les déserts, la terre des grands espaces, les cités orgueilleuses dressées vers le ciel, la puissance sauvage des fleuves, les forêts de grands ormes, les creux profonds des océans, les lunes montantes sur les bois endormis, tout leur appartenait, proclamait le miracle sans mesure du temps, psalmodiait l'éternité de l'instant, veillait sur leur vie commune et les monts argentés du Nouveau-Mexique, les vallons dorés de Californie, l'herbe grasse des vallées du Potomac, les eaux printanières de l'Arkansas, les baies d'eau profonde du Mississippi célébraient la grandeur et la gloire de ce matin que nulle âme blessée, cruelle et désolée ne venait tourmenter, et ses immensités qui dévoraient l'espace chantaient des paroles de paix à la pointe du jour.

Sur Capitol Street, ils croisèrent Mr et Mrs Brown, lui, la tête dans le capot de la vieille Buick, son épouse le regardant opérer. Mr Brown releva la tête et dit : « J'ai trouvé ! C'est le démarreur. Demain soir, Scott, cette voiture fendra la route 66. » « Ne l'écoutez pas, madame Hatford, rectifia Mrs Brown, le jour où ce tacot roulera, il pleuvra des oies sauvages… Dis-moi, Scott, c'est agréable de te voir marcher tranquillement… Tenez-lui bien le bras, madame Hatford, sinon, il risque de s'envoler… ne le laissez pas filer comme j'ai laissé filer mon John. Vous vous souvenez de John, n'est-ce pas ?.. Du temps où je travaillais à la Poste, il était toujours derrière le comptoir. Eh bien, je l'ai laissé s'envoler. Heureusement, il me reste ses lettres. Il m'a écrit tous les jours quand il était en Corée. Je les garde précieusement, ces lettres, dans une urne à l'abri du soleil. Un jour, j'ai porté la pile à la Poste, elle pesait trois cent cinquante grammes ! Dire qu'il faisait 4,5 kilos à la naissance ! 4,5 kilos quand il sort de mon ventre et, vingt ans plus tard, 350 grammes… À l'époque où John s'est engagé, son sergent m'a expliqué que l'armée forgeait les hommes ! Mais John n'était pas comme votre Scott, il n'a jamais su courir vite, lui. Sa passion, c'étaient les échecs, je lui disais : arrête de jouer aux échecs, ça te servira à quoi dans la vie ? Ils n'obéissent jamais à leur mère ! À leur sergent qui leur commande de foncer sur un champ de mines, ça oui ! Dire qu'ils n'ont même pas retrouvé son matricule ! Et encore, ils n'ont pas voulu entrer dans les détails quand ils sont venus m'annoncer la nouvelle. Ils sont très bien pour ça, très professionnels, très respectueux de la personne humaine. Ils prennent le temps de vous expliquer, vous qui avez un fils, vous verrez, sur ce plan-là il n'y a rien à dire. Un beau matin, ils sonnent à votre porte dans leur uniforme impeccable. Dès que vous ouvrez, vous avez compris, bien sûr. Vous avez beau avoir été assez stupide pour leur confier la vie de votre gamin, il vous reste un peu de jugeote. Eh bien, ils mettent quand même les formes. Ils prennent un air de circonstance, l'idée qu'ils doivent se faire d'une tête d'enterrement. Ils vous parlent comme si votre fils avait sauvé la Nation alors que tout ce qu'il a fait, cet imbécile, c'est mettre le pied là où il ne fallait pas en dépit de vos recommandations depuis l'enfance. Mais eux, ils restent très dignes, très comme il faut, vous leur servez à boire, vous auriez presque envie qu'ils passent l'après-midi si vous ne saviez pas qu'ils ont d'autres mauvaises nouvelles à annoncer. D'ailleurs, ils ne s'éternisent pas. L'éternité, ils vous la laissent. Ce grand vide qui vous saisit quand la porte s'est refermée, c'est un cadeau de l'Amérique. Remarquez, je ne leur en veux pas, une mission pareille, ça ne doit pas être drôle tous les jours. C'est à cela qu'on voit que nous sommes une grande nation, aux formes qu'ils mettent pour vous annoncer qu'on n'a pas retrouvé trace des boyaux d'un fils. Après, évidemment, vous n'ouvrez plus la porte de la même façon. Mais cela importe peu, parce que vous savez que ce n'est jamais votre John qui sera derrière… Enfin, je sais que vous comprenez, votre mari aussi il a fait la Corée, même si sa jambe seule a été atteinte. Quoique sa cervelle semble avoir pris aussi quelques éclats… Enfin, tout ça, ce n'était pas pour rien. Imaginez si mon fils et votre mari n'étaient pas partis se battre là-bas, eh bien, les Chinois auraient franchi le 38e parallèle ! Je me réconforte comme ça les jours où l'absence de John se fait trop ressentir et que même ses lettres ne me consolent pas. Je pense au 38e parallèle. Et puis je me mets à écrire à mon cadet Tom, à qui les Chinois ne font pas peur, et qui s'est engagé pour venger son frère. C'est que, dans la famille, on a le sens de l'honneur très développé. Tom devait partir au Vietnam dans l'idée de châtier les coupables. Mais avec cette crise des missiles, on va peut-être l'envoyer à Cuba, même si les Cubains et les Chinois, c'est pas du pareil au même, de toute façon, après Cuba, ils expédieront nos boys à Saigon. Tom va pouvoir faire la peau des bridés qui ont assassiné son frère. Tout ce que j'espère, c'est de ne pas voir rappliquer les deux bonshommes en uniformes, un beau matin, au lieu de mon petit Tom. Je ne suis pas sûre de pouvoir supporter une double peine… Bon, mais je vous embête avec mes histoires de guerre. Au revoir, Mrs Hatford, et toi, mon Scott, continue à t'entraîner à courir vite, dans cinq ou six ans, la Nation aura besoin de toi ! »

Après un long silence, Mam fit promettre à Scott, d'un ton grave et solennel, de ne jamais s'engager dans l'armée. Il répliqua que son père avait fait deux guerres. Ton père, répondit-elle, n'est pas un bon exemple. Il dut en convenir. « Si l'Amérique est encore en guerre à tes dix-huit ans, je t'enverrai chez mon oncle en Irlande. » Elle ne voulait pas qu'il parte au combat, ni contre les Russes, ni contre les Chinois. Elle se moquait de Khrouchtchev. Un jour Khrouchtchev mourrait, Mao mourrait, Castro serait assassiné, le Président lui-même viendrait à disparaître. Mais elle et lui resteraient en vie. C'était là l'essentiel. Son fils ne partirait pas pour un présent de conquêtes. Donner la leçon à Cuba, apprendre la vie aux Vietnamiens ? Elle ne savait même pas où situer Saigon sur une carte. Savait-il où se trouvait Saigon ? Il acquiesça. Elle lui ordonna d'oublier. « Comment veux-tu que je fasse ? » Elle insista. Il ferma les yeux, se concentra. Il avait oublié.

« C'est bien, tu es mon ange. »

Le révérend les attendait quelques mètres devant l'église, une bâtisse de bois datant du siècle passé que la mairie venait de faire rénover.

« Ah, vous voilà enfin ! Vous savez que je vous ai attendus la semaine dernière ! »

Mam s'excusa, expliqua que la nuit à l'hôpital avait été rude.

« Vous êtes pardonnée. Guérir les corps est plus éprouvant que de veiller sur les âmes. Et puis, Meredith Hatford n'a pas besoin de prier le Seigneur. C'est le Seigneur qui a besoin de Meredith Hatford. »

Scott demanda au révérend si le maire serait là ce matin.

« Notre maire croit que refaire la façade de notre Église suffit à racheter ses péchés. Notre maire préfère dormir le dimanche. »

Il questionna le révérend au sujet d'une certaine Elizabeth Loyd, adjointe à la mairie et avec qui il entretenait une correspondance régulière. Connaissait-il cette dame ? Venait-elle à l'église ?

« Je connais tous les citoyens de notre ville, même les Juifs et les Noirs. Mais pas Elizabeth Loyd. Pourquoi ? »

Scott ne répondit rien. Le révérend les pressa d'entrer. L'office allait commencer. Ils se glissèrent à l'intérieur, s'assirent au quatrième banc, près de Mr et Mrs Hawlin qui les saluèrent d'un mouvement de la tête. L'office commença. On récita le Credo, la Profession de Foi, on chanta l'Agneau de Dieu, on reprit des Gloria. Le révérend déclama la Parabole du bon Samaritain. On chanta. Après quoi le révérend dit : « Mes chers enfants, enfants du Seigneur Dieu, l'heure n'est pas à sourire. Je sais que le temps est toujours le temps et que ce lieu où nous prions est toujours le lieu. Mais elle est révolue, cette époque où les lilas jaillissaient du sol et les jacinthes fleurissaient dans les coupes. Notre terre nous a donné tout ce qu'elle a pu donner. Le vent glacé va bientôt balayer le Ciel. Accorde-nous ta Paix, Seigneur. Les représentants du Malin braquent leurs fusées sur l'Amérique. Le temps de l'Apocalypse a peut-être sonné. La Nation a péché, nous avons défié le Ciel. Nous avons provoqué l'Éternel, déclenché son courroux, son ire et sa vengeance. Car ce n'est pas Khrouchtchev qui a installé les missiles à Cuba, c'est notre Seigneur lui-même. L'Éternel nous punira, armera son bras vengeur. Le genre humain est promis à sa perte. Les hommes ont péché et le plus puissant des hommes est le roi des pécheurs. Plus rien ne subsiste du rêve des pionniers.

Il ne s'élève plus vers les cieux, le poème sacré qui jadis montait de la terre. Le Mal a souillé les corps et perverti les âmes. Les hommes mentent, volent, se vautrent dans le stupre. Les hommes quittent la vallée pour bâtir les villes. Les hommes couchent avec les hommes. La terre est livrée à la dévastation. Quoi que prétendent les généraux et les discours du Président, bientôt la lumière n'éclairera plus le jour. Dieu a donné, Dieu reprendra, que le nom de Dieu soit sanctifié. Voyez les armes de mort que les Rouges ont installées en face de chez nous. Et les bataillons sauvages défilant à Moscou. Le Démon se cache sous ces uniformes. Les Rouges sont les plus cruels des hommes. Le monde qu'ils promettent est un monde sans Dieu, sans âme et sans amour. Ces gens-là croient en l'Homme, ces gens ne croient en rien. Ils sont sans foi ni loi. Rien ne leur fait horreur et ils n'ont peur de rien. Ils sèmeront la désolation sur les terres, dans les cœurs. Et qui nous protégera, je vous le demande, qui, excepté notre Seigneur ? Notre Président ? Nous avons choisi pour chef le pire des hommes. Un être indigne de gouverner l'Amérique, un catholique, plus inféodé au pape qu'à notre nation bénie. Le sang d'un dépravé coule dans ses veines. Les murmures, les ragots qui courent à son sujet ne sont qu'une goutte d'eau dans l'océan des vérités. Khrouchtchev et Kennedy sont deux facettes du même Mal. La peste et le choléra. Celui qui préside à nos destinées est tout occupé à défendre le droit d'hommes qui n'ont pas notre couleur de peau, que Dieu n'a pas voulu nos égaux et qui ne sont pas de notre sang. Il vit dans la luxure, entouré d'invertis et de ceux de la race qui a crucifié notre Seigneur. Comment un tel homme pourrait-il sauver l'Amérique ? Jamais notre Dieu ne lui soufflera les actes de courage, les pensées bienfaitrices qui pourraient nous épargner. Puisse Dieu nous ramener vers la voie qu'il avait tracée, le chemin de la Foi, de la Morale. Puisse notre Président être foudroyé par la Grâce ou bien disparaître à jamais. Dieu veille sur l'Amérique, peuple de la Liberté, Nation de la Justice. Mon Dieu, veille sur nous, pauvres pécheurs. Amen. »

On répondit amen. Et tandis que l'enfant de chœur soufflait la flamme des cierges, Scott demanda à sa mère si le révérend n'exagérait pas au sujet du Président, au sujet de l'Apocalypse.

« Tu as raison, mon chéri. Il n'y aura pas l'Apocalypse. Dieu veille sur nous.

— Et sur notre Président ?

— Dieu veille aussi sur notre Président. »

Ils sortirent, restèrent un moment sur le perron de l'église, saluant quelques fidèles. Puis ils quittèrent la place.

Elle voulut déjeuner chez Duby's. Il prétexta n'avoir pas envie d'un hamburger. Elle dit qu'elle avait faim. Ils traversèrent Virginia Street, marchèrent jusqu'au restaurant, trouvèrent la salle vide, s'assirent. Jenny vint prendre la commande, un sourire ironique aux lèvres.

« Alors, que prennent mes premiers clients de la journée, et sans doute les derniers ? »

Il choisit un sandwich italien au bœuf accompagné d'oignons grillés, d'un Coca-Cola et un banana split en dessert. Mam prit une salade de poulet et un café.

Quand Jenny fut partie, Mam demanda à Scott s'il connaissait cette fille. Il fit non, en rougissant.

« Tu es à l'âge où les filles vont se retourner sur toi. »

Il se moquait des filles.

« Tu changeras d'avis. Un jour, elles feront le pied de grue devant notre porte.

— Tu penses qu'une seule fille sensée gravira la colline ?

— Elizabeth Taylor montera sur la colline pour te voir.

— Elizabeth Taylor est vieille.

— Elle a dix ans de moins que moi… »

Jenny revint, servit les plats et lança :

« Vous imaginez… mes seuls clients, un dimanche ! Mais qu'est-ce qu'ils ont tous ? Ils croient que les Rouges vont attaquer Duby's ? »

Après quoi elle s'en retourna derrière le comptoir.

Il saisit son sandwich à pleines mains, mangea deux grosses bouchées, s'essuya la bouche. Mam goûta sa salade et dit :

« La peur rend les hommes fous. Mais la peur les fait aussi reculer. Tu verras, Khrouchtchev aura peur de Jack, les Russes s'en iront. »

Il but son Coca, plongea dans son assiette d'oignons grillés, releva la tête, demanda si quelque chose faisait peur à son père.

« Ton père a peur de tout. »

La peur, expliqua-t-elle, faisait gronder sa colère. La peur l'accompagnait tout au long de l'ivresse. Elle rôdait autour de lui du matin jusqu'au soir. Il espérait la noyer sous des flots d'alcool, diluer ses effets sous des larmes de bourbon. Mais après son dernier verre, même son ombre lui faisait peur.

Il demanda s'il existait un moyen de combattre cette peur, d'en connaître la cause ?

« Ne cherche pas, mon ange, ce serait du temps perdu. »

L'avait-elle toujours connu ainsi ? Existait-il un moment dans la vie de son père dont il aurait pu être fier ? Un fils se devait de connaître ces choses-là.

« Tu veux que je te raconte comment je l'ai rencontré, n'est-ce pas ? »

Il acquiesça.

« Cela fera dix fois, mais après tout, c'est le moment de ma vie que tu préfères. »

La figure de Mam s'éclaira d'une sorte de candeur. Elle se mit à parler d'un ton doux. La seule évocation des jours lointains donnait à son visage des expressions que le temps avait effacées. Le tollé sauvage du monde, l'épouvante du soir s'étaient tus. Scott avait devant lui sa mère avant qu'elle fût sa mère.

En ce quatrième jeudi de novembre 1943, elle se rend à Boston pour fêter Thanksgiving en famille. Assise dans le bus qui la ramène de New York où elle poursuit ses études, elle porte une robe en flanelle rouge, plissée. En ce début d'après-midi, elle regarde tomber la pluie par la fenêtre, se laisse porter par ses pensées face au défilé de collines verdoyantes et de forêts jaunies par l'automne. Elle a senti une présence sur sa droite, devine que c'est un homme, s'efforce de ne pas tourner la tête. Elle se méfie des hommes. Lorsque l'un d'eux s'assoit près d'elle dans le bus, elle prend toujours soin de conserver une distance, affecte un rien de détachement, ne retourne jamais une question. Jamais jusqu'à ce jour elle n'a dérogé aux règles de prudence. Dès que son voisin entreprend la conversation, elle s'amuse à le classer dans une catégorie de son esprit qui compte les vaniteux, les muets, les pervers, les malins, les drôles, les sinistres, les faux timides, les charmeurs, les fous, les ennuyeux, les demeurés, les sympathiques, les déprimés, les mielleux, les plaisants, les cuistres, les malveillants, les indifférents, les menteurs, les indécis, les culs-terreux, les effrontés, les humbles, les cyniques, les raisonnables, les vulgaires, les perspicaces, les imbéciles, les révoltés, les tourmentés. On peut être bête et prétentieux, pervers et drôle. Elle déteste les séducteurs et les cyniques. Elle éprouve de la sympathie pour les taciturnes, compatit avec les désespérés, abhorre les faux timides. Par la fenêtre, elle contemple les calmes ondulations des collines, les bois sous la brume, les petites villes, au pavé battu par l'averse. Soudain la voix de son voisin résonne à ses oreilles. C'est une voix chaude, un brin mélancolique. L'homme voudrait du feu. Elle tourne la tête et se sent aussitôt enveloppée par le regard du jeune homme en uniforme à ses côtés. « Je ne suis pas sûre d'en avoir. – C'est mieux ainsi. – De ne pas fumer ? – Non, de ne pas être sûre de soi… C'est aussi un de mes problèmes, je doute toujours. – Vous n'avez pas l'air. – Les gens se fient aux apparences. – Je ne suis pas les gens. – Vous êtes ? – Meredith, Meredith Barnett. – Enchanté, Jeffrey, Jeffrey Hatford. » Elle serre la main tendue en sa direction. Voulant masquer son trouble, elle porte le regard au-dehors, laisse s'installer le silence. Le paysage a perdu de son charme. Le défilé des forêts et des lacs lui semble monotone. Elle se surprend à espérer que la conversation se poursuive. Son désir lui fait honte. Elle ferme les paupières. Que penserait son père s'il voyait sa fille brûlant qu'un inconnu lui adresse la parole ? L'homme reprend la conversation, la félicite de ne pas fumer. Elle oublie son père et rouvre les yeux. On dit que ce n'est pas bon pour la santé. Même si Monsieur Marlboro a l'air en pleine forme. Elle le dévisage. Lui arrive-t-il de parler sérieusement ? « Quand je suis sérieux, je deviens triste. » Elle ne déteste pas les gens tristes. « Vous risquez d'être servie… Que faites-vous dans la vie ? » Elle veut devenir infirmière. « Vous allez vers les cas désespérés ? » Elle détourne le regard, excédée. Ce type est un séducteur doublé d'un pervers. Il rallie à lui seul toutes les catégories exécrées. Il est la pire espèce des hommes. D'une douce pression de sa main sur son menton, il ramène le visage de la jeune femme en sa direction. « Je pars en Europe dans une semaine. J'aimerais vous voir à mon retour. » Elle sent monter en elle un trouble intense. Jamais personne ne l'a abordée ainsi, ne lui a fait tourner la tête, d'un simple mouvement de l'index. « Vous êtes une des rares bonnes raisons de revenir d'une guerre. » Elle fait oui sans trop savoir ce à quoi elle acquiesce. Elle ne prononce plus un mot. Elle craint de trahir sa pensée. Elle l'observe en silence pendant qu'il cherche au fond de ses poches de quoi écrire. Il lui tend un papier, un crayon. Elle note son adresse. Brusquement il dépose sur ses lèvres un baiser auquel elle n'a pas le temps de se dérober. Tout aussi soudainement, il se lève de son siège, fonce dans l'allée, demande au chauffeur de l'arrêter, là, immédiatement. Le chauffeur obtempère. L'homme descend du bus. Elle le cherche des yeux.

Il se tient debout, sur le bord de la route, le regard levé en sa direction. Il lui adresse de grands signes auxquels elle répond en soufflant un baiser de sa main.

Une vingtaine de mois plus tard, le lieutenant Hatford sonnait à la porte de chez elle. C'était bien le même homme, grand, solide, la voix chaude. Mais la lueur de tristesse au fond de son regard avait charrié tout un passé de sang versé. Et l'homme semblait porter, flanqué sur ses épaules, le cadavre de sa jeunesse.

« C'est une belle histoire, non ? »

Scott approuva de la tête.

Maintenant elle devait partir à l'hôpital remplacer Gladys Chapman qui était souffrante. Il demanda s'il pouvait l'accompagner, comme l'année précédente. Il avait tant aimé la voir marcher dans sa blouse blanche au milieu des patients, elle donnait l'impression de voler. Elle refusa. L'hôpital n'était pas un lieu pour un garçon de son âge. Ce n'était un endroit pour personne.

« Allez, mon ange, je m'en vais. Et ne rentre pas trop tard. Tu as des devoirs. »

Il devait continuer à être le premier de sa classe. Elle était fière de lui. Elle serait fière de lui-même s'il était le dernier du collège. Il était sa fierté. Elle se leva, le serra entre ses bras, marcha vers la sortie, revint sur ses pas, lui dit de ne pas l'attendre dans la vallée demain matin, elle sortirait plus tard que les autres jours, elle n'aurait pas le temps de prendre le premier bus, l'absence de Gladys bouleversait les emplois du temps. Elle quitta le restaurant. Il la suivit du regard tandis qu'elle marchait le long de la rue puis la perdit dans une petite foule amassée devant la porte d'un drugstore voisin.

Il salua Jenny d'un signe de la main puis sortit. Pris dans le souvenir du récit de sa mère, comme conduit malgré lui sur la route de Boston, il passait sans les voir devant les gens sur le trottoir, hommes et femmes faisant la queue, fébrilement, chacun parlant à l'autre, s'interrogeant sur la crise, nous allons vers la guerre, on dit qu'elle sera totale, nous envahirons Cuba, les Rouges riposteront et nous les détruirons, il faut des provisions, de la farine, du lait, ici on ne trouve plus d'huile. Scott restait sourd aux jérémiades, à l'écart de la voix injurieuse des hommes. Dans son esprit, tout était calme, silencieux, empreint de charme et d'absolu. Ses pensées vagabondaient sur la côte Est. Il voyait par les yeux de sa mère. Il s'exprimait par la voix de son père. Il était Meredith Barnet, et il était le lieutenant Hatford. Assis dans un bus parcourant des paysages verdoyants et paisibles, il refaisait la brève traversée d'une passion naissante augurant de lendemains chantants. Guidé vers les horizons de la Nouvelle-Angleterre, il ne craignait rien du soir, respirait la douceur des collines trempées de brume et goûtait avant l'heure au premier jour innocent inondé de tendresse, à l'assaut intrépide des territoires secrets, promesses d'inconnu, vertige des adieux. Il vivait l'instant où tout bascule, la fortune et le sort, la vie qu'on croyait prise entraînée par l'extase, étourdie d'espérances. Il savourait la jubilation des jeunesses, beautés immortelles et serments éternels, où tout est à la fois en mouvement et suspendu à l'instant, triomphe de l'avenir et grâce du présent. Avons-nous le malheur pour unique destin ?

VIII

Il marchait indécis sur Dylan Road, aperçut au loin le clignotement de l'enseigne du cinéma Stuart et s'approcha de la façade. À la séance de 14 heures se jouaient *Spartacus, West Side Story*, *Rio Bravo*, *Some Like it Hot*, et *A Time to Love and a Time to Die*. Il n'avait pas vu les deux derniers. Celui avec Tony Curtis et Marylin Monroe ne le tentait pas. L'autre avait été réalisé par Douglas Sirk, dont il avait aimé *Captain Ligthfoot* interprété par Rock Hudson. *A Time to Love and a Time to Die* était tiré d'un roman d'Erich Maria Remarque, John Gavin en était l'acteur principal. Scott n'avait jamais compris ce qu'on pouvait trouver à John Gavin. Selon l'article de presse apposé près de l'affiche, le film racontait la Seconde Guerre mondiale du point de vue des soldats allemands. Depuis qu'il était en âge d'aller au cinéma, Scott essayait de voir tous les films traitant de la guerre. Il croyait ainsi parvenir à comprendre son père. Jusque-là, cela avait toujours été en vain. Son père demeurait un mystère. Il avançait vers lui comme dans un rêve étrange. Il revenait perdant et blessé dans sa chair.

Il hésita à prendre la file. Le point de vue des Allemands sur la guerre ne l'intéressait pas. Les Allemands étaient des assassins, des barbares, des sauvages. Les Allemands avaient fait régner la désolation sur le monde. Les Allemands avaient fait de son père une épave, l'avaient rendu à leur image, un être méprisable et cruel. D'un autre côté, les temps avaient changé. Aujourd'hui, le diable était soviétique. Le Président disait que les Allemands étaient des alliés. Berlin dans le camp de la liberté. Le temps du pardon était-il advenu ? Ce qui valait pour les Allemands concernait-il aussi son père ? Il passa à la caisse et prit un ticket. Après tout, ce film ne pouvait pas être pire que le spectacle de cette bande d'attardés s'époumonant dans les rues de New York, West Side. Il acheta du pop-corn et s'installa dans la salle sombre.

Le film dura un peu plus de deux heures. C'était une histoire d'amour entre deux jeunes Allemands, à la fin de la guerre. Des villes croulaient sous les bombes. Des soldats allemands erraient en haillons au milieu de paysages de dévastation. À la dernière scène, le héros, jeune officier de la Wehrmacht, mourait en brave, refusant d'assassiner des soldats de l'Armée rouge. Au dernier plan, la lettre de sa fiancée s'échappait du bout de ses doigts. Le film laissait un goût amer. L'acteur avait trop fière allure dans son uniforme. Scott n'avait encore jamais rien vu de semblable à l'écran – un bon Allemand. Sûr que son père n'avait jamais croisé la route d'un ennemi d'une telle noblesse. Sûr qu'un Allemand comme ça, c'était du cinéma.

L'heure était venue de rentrer. Il traversa la ville et parvint sur « The Street ». À peine avait-il commencé à gravir le sentier que des cris lui parvinrent du haut de la colline. Au fur et à mesure qu'il avançait, le tumulte enflait. L'air s'emplissait de clameurs. Des insultes en espagnol fusaient. Il se dit que les gamins chahutaient devant chez eux. Mais lorsqu'il fut à hauteur de Los Lobos, tout était paisible. Il porta son regard au loin. Le spectacle fit redoubler ses craintes. Près de chez lui, un attroupement, et à quelques mètres de là, la silhouette de son père. L'homme avait franchi la balustrade, était sorti affronter les provocateurs. Son père avançait sur le sentier, d'un pas mal assuré qu'entravait encore la boiterie de sa jambe. Sept ou huit adolescents le narguaient. La silhouette de l'homme faisait face à la meute et se dirigeait vers lui. D'ordinaire, à observer son père marcher, Scott sentait sa propre jambe défaillir et il se mettait lui aussi à boiter. Cette fois-là était différente des autres. Une force colossale grandit en lui, des ailes lui poussèrent dans le dos. Les adolescents encerclèrent son père et entamèrent une ronde autour de lui. Leurs voix lui parvenaient maintenant plus distinctement. Ils criaient : « "Traîne la Patte", cours ! Cours, "Traîne la Patte" ! » Son père s'élançait tour à tour derrière l'un puis l'autre des garçons. Sa jambe gauche raclait la terre. Son bras lancé en direction des garçons ne ramenait que l'air. Les gamins lui hurlaient à la figure, s'approchaient de lui puis se dérobaient à son étreinte. Ils riaient devant l'homme désorienté, tigre de papier jaloux de son honneur, comme si quelque chose restait à laver de cet honneur, comme si tout n'avait pas été rincé jusqu'à la corde. Et l'écho de ces rires dévalait la colline pour venir cogner aux oreilles de Scott, rires affreux d'humiliation, rires de la multitude, éclat sauvage des barbares, rires de charogne flairant la blessure, rires allègres des mises à mort, rires plongés dans l'ivresse et tout bercés de sang. Il gravit la colline, hors d'haleine, en sueur, porté par l'éclat de ces rires. Aide-moi, Seigneur, Père auquel il faut croire. Une meute était aux trousses de son père. « Olé ! » reprenait la meute en chœur chaque fois que Jeffrey Hatford échouait à attraper le bras d'un adolescent. Scott courait, pénétré d'un sentiment étrange, mélange de peine et de joie, de honte et de terreur. Bientôt, il vit, horreur, son père trébucher dans le soir, tomber à terre et mordre la poussière. Un cri de triomphe s'éleva de la meute. Il crut entendre la ville entière reprendre le tollé, fièvre des corridas terrassant l'homme qui, depuis des années, insultait la bienséance, ne respectait personne, défiait l'ordre établi, raillait le lien social, méprisait les usages, méritait la potence pour offenses à la famille, au travail, à l'Église et à la Nation, Nation américaine qu'il a si bien servie, à qui l'homme doit tout, sa jambe exceptée, mais la Nation n'a pas besoin de la jambe du soldat Hatford pour tenir son rang au sommet des Nations. Son père au sol poussa un gémissement et Scott sentit ses forces décupler. Maintenant, les garçons tournaient autour de son père exécutant une danse macabre, entonnant un chant barbare. Scott se mit à hurler contre eux. Il cria d'arrêter d'une voix menaçante qu'il reconnaissait à peine. Malheur à vous ! Il les rouerait de coups, il allait les briser. Soyez maudits ! Lorsqu'il fut à une dizaine de mètres d'eux, ils interrompirent leur danse, se retournèrent, le dévisagèrent avec de larges sourires. Scott s'immobilisa. Il vit son père à terre, le visage dans la poussière, les yeux tournés en sa direction. L'un des garçons, un colosse qui faisait deux fois sa taille, se dressa sur sa route. Scott se rua vers lui. Seigneur, arme mon bras comme tu as armé la main de David contre Goliath. Scott attrapa l'adolescent par le cou, le mit à terre et le roua de coup jusqu'à ce que sa bouche pisse le sang. Il se redressa, vit, épouvanté, la figure du garçon écarlate, son œil droit fermé, sa paupière gonflée. Il reçut un crachat au visage, entendit marmonner : « Ton père est un poivrot et ta mère, une putain. » Scott se releva. Les adolescents reculèrent. Scott se tourna vers son père. Le soldat Hatford se repliait vers la maison. Scott mit ses pas dans les pas de son père. Les adolescents leur jetèrent des pierres. Un caillou heurta son crâne. Il ignora la douleur. Il entendit les mots « lâche », « mauviette », « tapette ». Il ne se retourna pas. Il s'efforçait seulement de laisser un peu de distance entre son père et lui. Les garçons lancèrent d'autres pierres, promirent vengeance. Il franchit le seuil de la maison derrière son père. Il referma la porte, resta dans l'entrée, n'osant ni parler, ni avancer d'un pas. Il tenta de comprendre ce qui s'était passé, ce dont ses mains avaient été capables, ce qui avait découlé de la haine. Il avait versé le sang. Il ne trouva aucun sens et aucun réconfort à son geste. Un silence absolu remplaçait les cris insensés. Son père était assis sur la chaise de la cuisine, le visage plongé dans l'ombre. Son regard n'exprimait ni reconnaissance, ni tristesse, ni joie. Quelque chose d'essentiel s'était pourtant joué, là, dehors, sur le sentier, quelque chose de tangible, que rien ne saurait effacer, cette chose que les hommes nommaient « lien familial » et qui jusque-là s'apparentait pour le garçon à la boucle de la ceinture de son père.

Ils avaient partagé une aventure. Ils avaient vécu la guerre contre les Mexicains. Ils avaient vaincu contre la multitude. Peut-être, voyant Scott lancer des coups de poing dans la figure du Mexicain, son père avait-il songé : « Mon fils est un brave, mon fils est de mon sang ! » Scott demeura immobile, pétrifié par l'attente, persuadé que se préparait là un moment de communion avec son père, un des instants comme il n'en vivrait peut-être plus jamais, comme il était peut-être donné à chaque fils d'en vivre un seul durant toute une vie. Son père le dévisageait avec insistance. Peut-être l'homme cherchait-il les mots à même de traduire ses sentiments ? Et ses mots affectueux, prodiges de tendresse, ne faisaient pas partie de son vocabulaire habituel. Seigneur, donne à mon père la force de trouver les mots, le courage de les prononcer. Dans l'immobilité plombée de la pièce, enfoncé dans son mutisme, son père continuait de le fixer. Seigneur, viens-lui en aide, comme tu as décuplé ma force face au colosse mexicain. Jeffrey Hatford se releva brusquement, il approcha sa longue silhouette, planta ses yeux dans ceux de son fils et dit : « Tu penses que ton père ne sait pas se défendre tout seul ? Ton père est un infirme, n'est-ce pas ? » Scott fit non de la tête. Jeffrey Hatford se dirigea vers sa chambre, sa jambe traînant sur le parquet, ouvrit la porte puis revint pour lancer :

« Cela vous plaît, à toi et à ta mère, de m'humilier devant des étrangers ? »

IX

Il était aux alentours de trois heures lorsque le bus déposa Scott sur la route 17. À hauteur du ranch des Each, il aperçut Ted, le plus jeune des fils, sur son cheval. Il lui adressa un signe de la main, cria son nom. L'adolescent fit tourner son cheval et s'approcha de la balustrade derrière laquelle Scott se tenait. Le cheval se laissa caresser la tête. C'était celui sur lequel, l'année précédente, Ted avait appris à Scott à monter.

« Mon père va bientôt débourrer une bête. Tu veux voir ça ? » demanda Ted.

Scott déclina la proposition. Ils échangèrent quelques propos puis se séparèrent.

Scott avait déjà vu le père de Ted dompter un cheval sauvage. Le spectacle du lasso tournoyant dans l'air pour aller accrocher les antérieurs et le bruit terrifiant de la bête tombant au sol restaient dans sa mémoire. Il revoyait Owen Each tenant le mustang par le chanfrein. L'homme masquait les yeux du cheval avec sa main, chuchotait à son oreille pour apaiser ses frayeurs. Quelques instants plus tard, après que furent passés les plates-longes et le hackamore, l'animal comme ligoté tentait de se redresser, détachait des ruades, trébuchait, luttait contre lui-même et contre ses entraves, hennissait à la mort, jetait des regards fous et retombait par terre dans un flot de poussières. Scott avait refusé d'en voir plus.

Poursuivant son chemin, il songea au cimetière des mustangs, la noble cavalcade abîmée dans la mer. Pourquoi ne tenterait-il pas de sauver une bête de la noyade ? Pourquoi ne pas arracher un animal à son sort ? Grâce à Ted, il savait bien monter. Il pourrait se poster un matin, le jour des funérailles, sur les bords d'East River. Il attendrait que le troupeau s'engage sur la grève. Il choisirait du regard le plus jeune mustang. Il s'élancerait vers l'animal au milieu de la horde. Il n'aurait pas besoin d'attirail. Ni lasso, ni hackamore, il irait les mains nues. Il s'assoirait à califourchon sur l'encolure de l'animal, se plaquerait contre ses épaules, s'agripperait à ses flancs. Après quoi il se laisserait porter par la course du cheval. Leurs corps ne feraient qu'un, leur âme serait commune. Il murmurerait à son oreille : « Tu es racé et tu es brave. Ton trot est une danse qui vient du fond des âges. » Le mustang renâclerait, poursuivrait son avancée au milieu des siens. « Il ne faut pas aller là-bas. Tu as encore d'innombrables vallées à parcourir, des rivières glacées où t'abreuver. » Il presserait sur ses flancs. L'animal serait sensible à sa voix, à ses gestes. « Viens. Ce ne sera pas une reculade. Tu es trop fier pour renoncer. Retarde seulement l'échéance. Attends le prochain été. Entre-temps, nous traverserons le continent de part en part. » Le chant de l'Amérique parlerait à l'esprit du cheval. « Ne va pas avec tes frères. Ce soleil qui se lève, tu dois le voir demain. Nous verrons des paysages d'une beauté inouïe, nous fendrons les orages. » La bête ralentirait sa course. « Oui, c'est cela, reste, viens avec moi. Nous irons une autre fois là où partent tes frères. » La bête se laisserait distancier. « Le temps n'est pas venu pour toi de disparaître. » Le cheval secouerait la tête, sa crinière flotterait dans le vent du matin. Il se cabrerait. Et tandis que la horde continuerait sa course au milieu des flots, le cheval tournerait sur lui-même, comme dansant dans l'air, les yeux étincelants. Ils remonteraient le cours de la rivière. « Maintenant, allons sauver une autre âme perdue. » Ils galoperaient dans le vent jusqu'à la terre de Rolder, monteraient le sentier jusqu'à la maison. Devant la demeure, Scott ferait cabrer la bête. Le mustang pousserait un long hennissement. Mam paraîtrait sur le perron. Aussitôt, elle enfilerait une veste et viendrait le rejoindre. Elle monterait en amazone. Ils iraient au-delà de la ville, traverseraient des étendues de plaines et des vallées. Et le diable lui-même ne les retrouverait pas.

Le long de Capitol Street, un coup de Klaxon le tira de ses pensées. Tim Mathews roulait au pas, derrière lui, au volant de son coupé Chevrolet 1957 bleu aux ailerons et aux chromes rutilants, le moteur vrombissant. Tim avait à peine quinze ans, il habitait le quartier huppé de l'est de Rolder, une maison de trois étages sur Jefferson. La famille Mathews avait fait fortune dans les années 20, avant la crise, lorsque Rolder pouvait s'enorgueillir d'alimenter le sud-ouest de l'Amérique en casseroles grâce aux usines implantées dans la périphérie de la ville sur des terrains appartenant aux Mathews. Voilà des décennies que les entrepôts étaient à l'abandon. Les Mathews roulaient toujours carrosse. Depuis ses quatorze ans, et sans que le shérif adjoint trouvât à redire, Tim paradait au volant des autos de son père, faisait rugir son moteur dans les rues de Rolder, traversait la ville au ralenti, capote et vitres ouvertes.

Tim Mathews l'apostropha d'un ton ferme et menaçant. Il déclara qu'on l'avait vu parler à Jenny Blanchard. Selon des sources sûres, le fils Hatford tentait de séduire la fiancée de Ted Harvey. Scott devait se méfier. L'honneur d'un homme était en jeu. Ici, on n'appréciait pas ce genre de manières. Nul n'admettrait qu'un enfant de la vallée en route pour la guerre soit trompé par le fils d'un étranger, un crevard, une racaille, la lie de son comté. Tim parlait là en toute amitié. Lui-même ne dénoncerait pas Scott pas plus qu'il ne répandrait la rumeur. Ce n'était pas son genre. Il avait sa fierté. Mais que Scott prenne garde. À Rolder, tout le monde n'était pas aussi bienveillant. Certains se feraient un plaisir de régler leur compte aux Hatford. Tim Mathews fit sonner son klaxon et fila en trombe, laissant derrière la Chevrolet un épais nuage de fumée grise.

Scott s'appliqua à chasser de ses pensées les propos entendus. La rumeur de Rolder… La ville suintait de rancœurs et de ressentiments. Chacun se comportait en témoin obscur du destin du voisin. Qui s'était vu grandir se regardait vieillir. Le malheur qui frappait chez vous résonnait à toutes les portes. Votre manière de saluer trahissait l'effroi de vos nuits. Aucune parole ne connaissait l'oubli, aucun acte ne restait dans l'ombre. Les instants de joie solennels, les extravagances secrètes étaient donnés en partage. Rien ne soufflait de la puissance, de la grandeur, de la grâce du monde. Une hostilité sourde planait sur les esprits. Rolder était une grande famille. Ce n'était pas la sienne.

X

Il prit Hawthorne, se retrouva sur Lincoln Avenue, voulut entrer chez Baker's Shop pour acheter un paquet de chewing-gum, renonça devant la multitude à la caisse. Soudain, il s'immobilisa. Son regard fut comme happé par une silhouette sur le trottoir d'en face. Il douta un instant, mais non, c'était bien lui, cet homme qui avançait dans la lueur du jour, l'apparence moins familière qu'à l'ordinaire, avec, vissé sur le crâne, le feutre beige jamais porté, et habillé de ce costume gris clair toujours au placard, qui lui allait trop grand, tombait mal aux épaules et baillait aux hanches. Son père, ainsi vêtu, avait belle allure. Un étranger aurait pu croire qu'il allait travailler. Ou qu'il revenait de la messe. Ou d'un déjeuner d'affaires. Ou que quelque chose d'important se jouait entre ses mains. Mais que faisait son père à cette heure, endimanché et marchant d'un pas sûr sur Lincoln Avenue ? Scott hésita à lui emboîter le pas. Il aurait rêvé de marcher au côté de son père dans les rues de la ville. Ça n'était jamais arrivé. Du moins aussi loin qu'il s'en souvienne. Mais il ignorait tout des raisons qui avaient conduit l'homme sur cette avenue, et ainsi accoutré. Dans le doute, il préféra le suivre à distance, sur son trottoir.

À hauteur de la devanture du Bob's Shoes, son père s'immobilisa, porta son regard à droite puis à gauche. Pressentait-il quelque chose ? Ou bien, oui – était-il interdit de rêver ? –, si son père le cherchait, quoi, un père descendu en ville pour flâner au côté de son fils, était-ce si insensé, est-ce le rêve d'un fou ? Qui n'avait jamais entendu héler son nom au milieu d'une foule ? Oui, son père était venu à sa rencontre. Il s'était réveillé ce matin avec l'idée folle de passer la fin de l'après-midi en compagnie de son fils. Pour l'occasion, il avait enfilé son seul costume, mis son magnifique chapeau. Ce n'était pas tous les jours que Jeffrey Hatford allait se promener avec son fils, et son fils verrait comme il pouvait être élégant, un homme comme les autres et qui plus est son père. Scott ne méritait-il pas une telle attention ? C'était un fils obéissant, respectueux, honnête, bon élève avec ça, même si de drôles de choses avaient dernièrement traversé son esprit lorsqu'il avait saisi le fusil, mais quel adolescent n'a pas des moments d'égarement, qui n'a un jour songé à tuer son père avec une Winchester, il fallait situer les choses dans leur contexte, passer sur certains événements, et puis n'avait-il pas été corrigé, châtié, et de quelle manière, jamais plus il n'agirait ainsi, ce gamin comprendrait, les fautes du passé étaient effacées, repartons sur des bases nouvelles, je mets mon costume et je tire mon chapeau, l'occasion ou jamais.

Il était descendu à sa rencontre, sans doute avait-il décidé qu'on irait voir un film, ils n'étaient jamais allés au cinéma ensemble, il y avait de bons films à voir au côté de son fils, pas un film de guerre, la guerre était finie, le malheur avait fait long feu, les temps avaient changé, il avait mis du temps à comprendre, voilà tout, mais l'essentiel n'était-il pas que les choses se réalisent, la vie était un long apprentissage, et moi, Jeffrey Romuald Hatford, j'ai appris de la vie.

Scott accéléra le pas. Jamais il n'aurait pu rêver d'un tel jour où, vingt-quatre heures après avoir enlacé sa mère, il marcherait au bras de son père. Autour de lui, tout semblait s'éclairer. Le pavé scintillait sous ses pas. Un parfum léger circulait dans l'air. L'espoir se levait sur Rolder. Il réfléchit à ce que son père avait projeté de faire après la séance. Peut-être l'amènerait-il dîner chez Taylor. Ils partageraient une côte de bœuf en discutant du film. Ils émettraient quelques réserves sur le jeu des acteurs, s'entendraient sur le fait que l'histoire était belle. Après quoi son père l'interrogerait sur sa vie au collège, quelle était sa matière préférée, que projetait-il de faire plus tard ? Puis ils traverseraient la ville, ensemble, la main du père glissée dans celle de son fils.

Jeffrey Hatford se retourna brusquement, regarda vers l'autre trottoir, en direction de son fils, et tendit les bras. Scott sentit ses jambes vaciller. Son cœur battit à tout rompre. Son père tendait les mains vers lui pour autre chose qu'une gifle. Il tenta de dominer son allégresse. Surtout ne pas perdre la tête, ne pas crier victoire. Ceci était une première, une disposition nouvelle, inclination inédite qu'il fallait protéger d'elle-même comme du monde extérieur. Il s'agissait d'avancer avec calme, ne pas se précipiter, ne pas effarer son père avec un excès de sentimentalisme, ne pas brusquer cet homme que la barbarie de la guerre avait traîné à la dérive, frappé d'indifférence et qui, à cette heure, en ce lieu, semblait comme rendu à la douceur du monde. Un trop prompt emballement pouvait le cabrer, l'effaroucher et le faire fuir. L'esprit de Jeffrey Hatford était pareil à l'âme des mustangs, fière, indomptable et murée dans l'orgueil. Aujourd'hui, comme par miracle, l'homme baissait la garde, apprivoisait sa peur, accomplissait un pas de géant, retournait aux sources où ses semblables venaient boire. À l'avenir, les Hatford célébreraient la mémoire de ce jour, le jour de la Réconciliation, jour où l'homme a dansé sur les flots, ranimé les feux éteints, ce dimanche où son père avait tendu ses bras vers lui, on en parlerait pour des générations, ses enfants, et les enfants de ses enfants, commémoreraient cette date, remercieraient le ciel d'avoir sonné la trêve, donné sa lumière à la nuit, délaissé la voie du Néant, oui, après le jour des Morts, le jour de la Résurrection, le mercredi des Cendres, voilà le jour de la Réconciliation, un long dimanche de prières louant la grandeur du Seigneur, chant de gloire à l'Éternel qui transforme les hommes, les rend affables et doux et délivre les vies prisonnières des abîmes.

Il ne put contenir sa joie plus longtemps. Il décida de traverser l'avenue pour rejoindre son père. Il parvint au carrefour. Le feu passa au vert. Les voitures démarrèrent. Un flot de véhicules s'écoula devant lui. Lorsque le flot cessa, une femme était blottie dans les bras de son père.

Il recula d'un pas, comme sonné. Il ne comprenait pas ce que ses yeux avaient vu. Il fixa son regard au-delà de la route. Son père était en train d'embrasser la femme. Un baiser ne lui avait jamais semblé aussi long, même au cinéma. Peut-être était-ce comme un baiser de cinéma, quelque chose pour de faux ? Ou bien la jeune femme était-elle une cousine éloignée rencontrée par hasard ? Une longue séparation demandait une belle étreinte. Chère cousine, je vais te présenter mon fils, tu verras comme il est grand, comme je suis fier de lui, la fierté de mon sang, alors que décides-tu, Shirley, veux-tu nous accompagner voir *Spartacus* ? Le feu passa au rouge. Son père et la jeune femme avançaient main dans la main. Scott, depuis son trottoir, marchait à leur côté. Il observa son père. L'homme avait l'air heureux, insouciant, léger. Il n'avait jamais vu son père dans cet état-là. La femme s'accrochait à l'épaule de son père. Sa bouche, ses yeux étaient maquillés avec outrance. Elle ressemblait à la fille que Mike lui avait présentée quelques mois auparavant dans le parking d'un *drive-in* des faubourgs de Phoenix, qui répondait au nom de Wally et disait accepter toute proposition tarifée à un dollar cinquante. Cette femme n'était pas Wally et son père était un homme de la pire espèce. Son père n'avait mauvaise conscience de rien, mentait comme il respirait, avec la même frénésie, la même application qu'il se mettait à boire ou levait la main sur quiconque échappait à son vouloir. Son père était un être abject, cruel, sauvage et méprisable.

Ils n'iraient pas au cinéma.

Du haut de ses hauts talons, la femme dépassait son père. Elle portait une robe serrée à la taille, qui faisait ressortir ses hanches et ses seins. Ils flânaient côte à côte, dans les rues de Rolder, son père et la femme, ô, leurs éclats de rire résonnant jusqu'à lui !

Elle qui gloussait, lui, son rire gras. Ils s'esclaffaient sans interruption, à tout propos sans doute. Qu'y avait-il de si risible, grotesques personnages, croyant nager dans le bonheur alors que vous vous vautrez dans la boue ? Elle renversait sa tête en arrière, avec une mine triomphale, réparant le désordre de sa coiffure d'un geste étudié de la main. Ils s'arrêtaient à chaque instant, pareils à des chiens marquant leur territoire, elle se blottissait dans son cou comme pour l'empêcher de partir, et lui la serrait dans ses bras, son père retenait une autre femme et, à chaque mètre, un fou rire. Qu'y a-t-il de si drôle ?

Il traversa la rue pour approcher de près cette sorte d'infâmie. Il n'avait pas peur que son père se retourne. Il ne craignait plus rien de son père, le petit homme aux pieds de la grande blonde, Jeffrey au pays des merveilles. Sa voix lui parvenait dorénavant, voix au ton apprêté d'acteur, les acteurs sont des clowns, voix grave de rut, tu te comportes comme les bêtes et cet air attendri, ton cœur n'est pas si sec, un rien te fait rire, tu n'es pas celui qu'on croit, tu mens sur toute la ligne, tu frôles l'épaule d'une femme, tu es capable de douceurs, tu es soumis et caressant, une forme d'ardeur se lit sur ton visage, tout ton être est méconnaissable, je ne reconnais plus mon père, Seigneur, aie pitié de moi, aucun boulet n'entrave plus sa marche, son père ne traîne plus la jambe, ou plus vraiment, il doit surenchérir d'efforts et vivre le martyre pour masquer sa boiterie. Et lorsqu'ils cessent de marcher, ces baisers incessants, une ronde de baisers, leurs lèvres, un banc de poissons rouges, son père qui n'embrasse jamais, jamais ne tend la joue, ni n'approche les lèvres, maintenant sa bouche happée dans la gorge de cette femme, n'as-tu donc honte de rien, agir ainsi aux yeux du monde, chaque passant te regarde du coin de l'œil, tout Rolder te juge et t'accable, rit de toi plus encore que tu ne ris, sa voix à elle maintenant, voix fluette qui sonne faux, voix chuchotant à ton oreille, te murmurant des douceurs, vibrant soudain d'accents toniques, cris de joie tournoyant dans l'air, les voilà qui s'embrassent encore follement, danse insensée qu'ils exécutent, la rue n'est pas un bal masqué, dire que leur baiser monte au ciel, comme les suppliques que l'on adresse, leurs rires mêlés à nos prières salissent le lieu où reposent les âmes.

Son père tira de sa poche un paquet de cigarettes, d'un geste de l'index en fit sortir une, elle s'en saisit avec délicatesse, la disposa entre ses lèvres, il alluma la flamme d'un briquet et, tandis qu'elle inspirait, leurs visages si proches éclairés par la flamme, ils se dévoraient des yeux, son père et l'autre femme, sous ses yeux à lui.

Ils s'immobilisèrent devant l'entrée d'un vieil hôtel à la façade miteuse. Ils échangèrent quelques propos sur le trottoir, soudainement indécis devant la demeure minable. Et leur embarras inspirait la pitié. Soudain la femme s'accrocha au cou de Jeffrey Hatford, en levant une jambe en arrière, à la manière des starlettes que Scott n'aimait pas, elle arrangea le col de sa veste, prit l'homme par le bras et l'entraîna sous le perron. Ils marchaient bras dessus bras dessous pareils aux nouveaux mariés avançant vers l'autel. Scott les observait horrifié mais ne pouvait détourner les yeux, témoin assidu de l'abjection, ne pouvait s'arracher à son lieu de détresse, rivé à son sort, assujetti à sa souffrance, ne cherchant ni soutien ni réconfort, et nulle part une ombre de consolation dans la clarté désolée du jour.

Il restait sans voix au milieu du bruissement de la ville, dans la vérité redoutable de l'instant, obstinément figé face à l'Hôtel du Rêve brisé dont les murs déversaient d'immenses traînées de chagrin sur l'asphalte. Il ne pouvait faire un pas. Un chant triste montait de son âme, s'élevait dans l'air, ode au splendide éclat dont il venait d'être privé, qu'on lui avait dérobé, l'affection d'un père, fondue en un trésor noir de profondes caresses. Il attendit à l'affût d'un revirement, convaincu que son père se ressaisirait, recouvrerait les esprits, serait frappé par la grâce, trouverait le chemin de la sortie, quitterait ce lieu d'affliction et de saccage qui n'était pas la place d'un homme.

Le regard de Scott fut attiré par une lumière s'éclairant au deuxième étage de l'hôtel. Il fit le compte dans son esprit – la quatrième chambre en partant de la droite –, rassembla son courage et entra. Le réceptionniste le considéra derrière ses lunettes.

« Je dois retrouver mon père et ma mère dans la chambre 204.

— Tu veux dire la 214 ?

— Oui, la 214.

— Tu es sûr que c'est bien ton père et ta mère ?

— Et qui voulez-vous que ce soit ? »

Il gravit l'escalier jusqu'au deuxième étage, s'immobilisa devant la 214, colla l'oreille contre la porte, entendit des soupirs, puis des cris, puis, plus distinctement, la femme qui hurlait : « Serre-moi plus fort ! » Il estima en avoir assez entendu, tourna les talons, descendit l'escalier. Le réceptionniste lança : « Tu repars déjà ? » Il ne répondit rien. Il sortit sur le trottoir, s'éloigna puis revint sur ses pas, retourna devant l'hôtel. Il aurait aimé parler à la femme. Il souhaitait un mot d'explication de son père. Je n'attends pas d'excuses. Je ne veux pas en découdre, juste un mot pour comprendre quelle raison te pousse à te comporter de la sorte, pourquoi ajouter le mensonge à la peine, perpétuer le malheur chaque jour qui vient. Il arpenta le trottoir près de l'entrée de l'hôtel. La vitrine de droite était celle d'un magasin de meubles qui soldait les fauteuils ainsi que les tables basses en bois, pour l'achat d'un canapé trois places en cuir, une table basse est offerte, pour tout achat d'une table, une lampe de chevet pour tout achat d'un matelas de marque Sealy à 39,95 dollars, le sommier est gratuit, attention ces promotions sont valables jusqu'au 2 novembre. Gardant un œil sur l'entrée de l'hôtel, il s'attarda devant la grande vitrine du drugstore voisin sur les rayons de laquelle étaient disposés, côte à côte, une bouteille de bière Budweiser, une bouteille de bière Carling, une bouteille de bourbon Early Time, une bouteille de gin Gilbey's, plusieurs empilements de paquets de cigarettes des marques Pall Mall, Chesterfield, Old Gold, Philip Morris, P&L, Newport, un paquet de biscuits pour chiens Ken-L, une bombe à raser Old Spice, un flacon de parfum Avon pour homme, une lotion capillaire Angle Skin, une pile de boîtes de soupe Campbell à la tomate, une boîte de spaghettis à la viande Boyar-dee, une boîte de thon Star-Kist, une boîte de biscuits Oreo, du lait en poudre Magic Crystal, un grand sachet de café A&P, un paquet de pastilles Menthol, une boîte d'aspirine Bayer, une boîte d'Alka Seltzer, un rasoir à main Sunbeam

Rollmaster, un paquet de gaines New and Young de Warner's, un numéro du magazine *Life* du 13 janvier 1961 avec Clark Gable en couverture.

Des bruits de talons résonnèrent sur le trottoir. La fille sortait de l'hôtel. Elle avançait, seule, sa robe froissée, ses cheveux en bataille, son visage peinturluré. Il songea à la beauté de sa mère. Il emboîta le pas de la fille. Au carrefour, il s'approcha d'elle et lâcha : « Je suis le fils de Jeffrey et Meredith Hatford ». La fille s'esclaffa. « Et moi, je suis la reine d'Angleterre ! » Le feu passa au rouge. Elle traversa. « Oui, la reine d'Angleterre ! » Et son rire affreux éclata dans l'air.

Il rebroussa chemin. Il vit son père sortir de l'hôtel. Il hésita avant d'aller lui parler. Il suivit du regard l'homme qui marchait, lentement, sur Lincoln Avenue, son chapeau à la main, l'air ravi. Il en avait assez vu.

Dieu d'un monde obscur, pourquoi m'avoir offert ce spectacle-là ? De quoi suis-je puni ? Qu'ai-je fait pour mériter d'être le témoin du crime de mon père ? Seigneur, aide-moi quand je croiserai ma mère, retiens mes larmes, domine ma faiblesse. Que je reste sans voix si je veux révéler cet infâme forfait. Qu'il n'y ait dans mes yeux aucune sorte d'aveu, que mes souvenirs restent hors de portée de son regard, elle qui voit à travers moi, devine mon chagrin. Que je ne révèle rien de tout ce que j'ai vu. Tant pis, si j'ai promis de ne jamais mentir, la tristesse de Mam est au-delà des serments et au-dessus des lois. Le cœur de ma mère est un sanctuaire, ce cœur est fragile, pur et délicat. Fais que je taise ma peine, que mes lèvres ne s'ouvrent pas. Mais Seigneur, toi qui es juste, ne laisse pas cet acte impuni. Donne à mon père le sort que tu réserves à ceux qui te défient. Ne pardonne pas à celui qui t'offense le jour et te maudit la nuit, celui qui brûle chaque jour tout ce à quoi rêve un fils.

Il prit Capitol dans un sens puis dans l'autre, décida de marcher jusqu'à chez Duby's, chercha, à travers la vitrine, la silhouette de Jenny, vit la jeune fille derrière le comptoir, entra dans le restaurant, s'assit à une table.

« Te revoilà, dit-elle, allez, c'est moi qui offre, tu n'es pas très bavard quand tu as l'air triste, et puis tu ne ressembles plus du tout à Elvis, tu deviens le portrait craché de ta mère, elle est belle ta mère, je comprends que tu ne t'intéresses pas encore aux filles avec une telle splendeur, la douceur incarnée, évidemment les autres font pas le poids, et au fond de ses yeux, les déluges de tendresse, ça va être compliqué pour toi de retrouver pareil trésor chez d'autres femmes, tu risques d'être déçu, passer ta vie à attendre, va falloir que ces dames s'accrochent ; pour être aimé, ça tu vas l'être, et je parle en connaisseuse, parce que moi, j'aime beaucoup, pas tout le monde, mais beaucoup, je ne calcule jamais l'amour que je donne, je donne sans compter, c'est mon plaisir à moi. Mais bon, faut pas non plus en vouloir à ta sainte mère, elle nous prépare le terrain, elle nous ouvre la voie, elle sème les grands sentiments, évidemment, après, nos ardeurs vont te paraître ridicules, le cœur des femmes minuscule, quand on a connu une étendue d'amour pareille, nous allons te sembler tout étriquées dans nos bustiers et dans nos jupes, avec nos petits tracas, nos petites manies, finalement je suis pas sûre qu'elle te fasse un cadeau, ta mère, avec l'amour qu'elle te porte, enfin, mieux vaut trop que pas assez, regarde devant toi ce qu'on devient quand on n'a pas eu sa dose, on est sans cesse en quête, on est prêt à s'offrir à quelqu'un du moment qu'il s'intéresse à vous, qu'il offre un rien de réconfort, vu que personne ne s'est penché sur votre berceau. Moi, le moindre regard me met dans un état, même si c'est toujours un regard un peu oblique, dirigé vers mon décolleté plutôt qu'au fond de mon âme, je ne suis pas dupe, tu sais, mon âme n'intéresse personne, Ted ne sait même pas que j'en ai une, quelqu'un d'autre désespérerait mais le bon Dieu m'a donné une bonne nature, parce que la vie est bien faite, et on ne peut pas tout avoir mais on ne peut pas ne rien posséder non plus, moi j'ai hérité d'une nature, ma mère est comme ça aussi, d'humeur égale, c'est important dans mon métier, les clients ne supporteraient pas qu'un jour ce soit blanc et le lendemain gris, ils veulent qu'on leur sourie et quoi de plus normal, ce n'est pas la qualité de la viande de Walter Duby qui va les faire revenir, ils aiment qu'on leur parle, qu'on s'intéresse à eux, et ça tombe bien, parce que moi, je m'intéresse aux hommes, je veux dire aux hommes en général, enfin tu m'as comprise, tu n'es pas le genre à tout prendre au premier degré, mais fais attention tout de même à pas rester dans l'abstrait, les gens dans l'abstrait perdent le sens des réalités, ne savourent rien du tout, cherchent midi à quatorze heures, faut savoir rester simple, midi c'est midi, l'heure où les clients commencent à affluer, enfin je ne vais pas parler boutique avec toi, vu que sans doute tu ne finiras pas derrière le comptoir d'un restaurant, ça se sent ça aussi, avec ton grand front, et ce qui brille au fond de tes yeux qui ressemble à de l'intelligence, même si ce que je vois cet après-midi, c'est plutôt une profonde tristesse, et tu sais, moi, je suis loin d'être Einstein, mais je devine pourquoi tu as l'air triste, comme tu peux le constater depuis mon comptoir, je vois ce qui se passe sur le trottoir et le spectacle de la rue, et ce n'est pas très reluisant, ce que t'ont offert les adultes aujourd'hui, tu vas dire que je me mêle de ce qui ne me regarde pas, mais ton père par exemple, je préfère encore le voir ivre au bar qu'au bras d'une étrangère, même si, dans le coin, cette fille n'a rien d'une inconnue, ce serait plutôt l'inverse, je ne voudrais pas ajouter à ta peine, vu que tu es au bord des larmes et voir pleurer les hommes, ça me fout le cafard, un homme ne devrait jamais pleurer, bien sûr, toi, tu n'es pas encore un homme mais tu en prends le chemin, tu découvres de quoi sont capables les hommes, et ce n'est pas très joli, et je ne parle pas seulement de ton père, tu sais, mon père, ce n'est pas mieux, je ne dis pas ça pour te consoler, mais parce que c'est la vérité vraie, moi, c'est à la maison qu'il faisait ses cochonneries, et pour tout t'avouer j'aurais préféré que mon père fasse comme le tien ses cochonneries au grand jour, le regard des passants l'aurait freiné, et nous aurait épargné des choses, à ma sœur et à moi, mais bon on ne choisit pas le salopard qu'on a pour père, le tien évidemment pourrait être un peu plus discret, surtout avec cette Anita, maintenant que je connais ta mère, je me demande ce qu'il peut lui trouver, aux tarifs qu'elle affiche dans le quartier, enfin chacun fait ce qu'il veut de son argent, chacun est responsable devant le Seigneur, même si ton père et le mien croient qu'ils ne répondront jamais de leurs actes, en dépit de ce que dit ma mère, qu'on ne doit pas se plaindre, qu'on ne choisit pas son malheur, qu'elle n'en a même pas eu de père, alors qu'est-ce qui vaut mieux ? Allez, finis ta limonade, rentre chez toi, tu me rends triste avec ton chagrin. »

Les rues étaient désertes au crépuscule tombant. Les habitants semblaient s'être terrés chez eux. Qui sait si l'alerte n'avait pas été donnée et la guerre déclarée ? Peut-être vivait-il les dernières heures du monde ? Il n'aurait pas à mentir à sa mère. Il n'aurait pas à affronter le regard de son père. Il se fixa des objectifs. S'il arrivait au carrefour avant que le feu passe au vert, son père ne rentrerait plus à la maison. S'il parvenait à retenir sa respiration jusqu'au numéro 58 de Roosevelt, son père ne rentrerait plus à la maison. S'il atteignait le bord du trottoir de l'extrémité de la rue avec son pied gauche, son père ne rentrerait plus à la maison. Une femme sortit de chez elle, tenant son chien en laisse. Un aboiement brisa le silence de la rue. Aucune inquiétude ne se lisait sur le visage de la femme. La guerre n'était pas pour ce soir.

Il marchait d'un pas de somnambule sous le ciel désolé. Il avait honte de ce qu'il avait vu et de qui il était. En dépassant le 39 de Virginia Street, où s'élevait l'école où il avait été, un souvenir lui revint. Il est âgé de dix ans. Il sort du bâtiment en compagnie d'un camarade de classe, Jimmy Royd, non, Jimmy Boyd. Jimmy propose de l'inviter. Il habite sur Jefferson Street à Adview Road. La mère de Jimmy ferme la portière de sa Chrysler Newport décapotable et vient vers eux. Accepte, on se baignera dans notre piscine ! Au même instant, il aperçoit quelques mètres plus loin la silhouette de son père, sa jambe gauche traînant sur le trottoir, frottant le sable et déplaçant de petits tourbillons de poussière. Le pantalon tombe sur ses fesses, il porte la chemise à carreaux qu'il a toujours sur les épaules et empeste la sueur. Il respire d'une manière rauque et pénible. Une dizaine de mères se tiennent sur le perron de l'école. Jeffrey Hatford les dépasse et approche dans sa direction. Scott est persuadé que chacune scrute l'homme, considère sa jambe, sent son odeur. Il croit entendre des ricanements. Jamais son père n'est venu le chercher. La mère de Jimmy saisit le cartable de son fils. J'ai proposé à Scott de venir à la maison. Tu as bien fait. Son père arrive à leur hauteur. Non, désolé, je dois rentrer. Eh bien, une prochaine fois, Scott, dit la mère en caressant la nuque de Jimmy. Ce sentiment de honte quand son père s'était posté entre lui et Jimmy, face à la femme, le regard désappointé que lui avait jeté son père quand la mère et le fils avaient observé une seconde de silence dans l'attente d'un mot de Scott sur la personne à ses côtés. Mais il n'avait pas prononcé une syllabe. Il redoutait en s'attardant que la mère de Jimmy ne perçoive l'odeur de son père, ne voie ses chaussures crasseuses. Jusque-là, pour ses camarades, il n'avait pas de père, seulement une mère d'une délicieuse beauté, au parfum délicat, qui distribuait des bonjours aux mères et aux institutrices et offrait des sucettes Holloway All-Day à Jimmy Boyd.

Et voilà, aujourd'hui, c'était au tour de son père de l'éviter sur le trottoir.

Il se sentit complice du crime de Jeffrey Hatford. Puis il se raisonna. Son père songeait-il à Jimmy Boyd lorsqu'il enlaçait la putain de Rolder ? L'homme entendait-il la voix de Jimmy Boyd lorsque la putain de Rolder hurlait à son oreille ?

Il s'engagea sur le sentier de « The Street », dépassa Los Lobos plongée dans la quiétude du soir. Il allait, péniblement, privé de force, démuni, vidé de sa révolte et de sa rage, l'esprit empli de tristesse et d'idées noires d'où émergeait l'increvable figure de son père, sa grande allure d'échassier, ses yeux mornes, son visage gris, sa bouche sans sourire. Il arriva devant la balustrade, traversa la véranda, entra, trouva la maison vide, rejoignit sa chambre, s'effondra sur le lit, éclata en sanglots, pleura dans l'infinie profondeur de la nuit, de toute la tristesse immense de son cœur. Et entre les murs, sur le sommet de la colline, il n'y avait d'autres sons que le bruit de ses larmes, l'éclat de sa détresse. Seigneur, un être qui trompe sa femme sous les yeux de son fils est-il digne des hommes ?

Il se releva, gagna le salon, s'assit sur le canapé à la place d'ordinaire réservée à son père – quiconque occupait cette place encourait les foudres. Il fit mine de descendre une canette et déclara, de la voix la plus grave possible : « J'irai pourrir en enfer ! » Il demeura quelques secondes le regard rivé sur l'écran éteint puis se leva pour aller chercher un verre d'eau. Soudain il entendit au-dehors le lent frottement des pas de son père. Il se précipita dans sa chambre.

Un filet de lumière filtra à travers l'interstice de la porte. Le pas de l'homme résonna dans le couloir. La porte de la chambre s'entrouvrit. Son père passa la tête, posa sur lui un regard froid et referma. Dans ce calme inespéré, ce grand puits de silence, quelque chose le déroutait. Les murs n'avaient pas tremblé, aucune injure n'était tombée. Il ne sut pas s'il devait se sentir soulagé ou bien triste. Peut-être aurait-il préféré, au lieu de ce masque impavide, un flot de fureur ? Peut-être aurait-il espéré répondre à la colère ? Il s'en sentait capable. Son père coupable de ses drames interdisait toute révolte, le condamnait au malheur autant qu'à l'impuissance, lui ôtait ce qui pouvait faire de lui un homme. Son père venait le narguer, allait jusqu'à lui ravir sa rage, ajouter le mépris à l'infamie. Son père était d'une cruauté sans bornes. Le son de la télévision lui parvint. Son père regardait les informations. On parlait de la guerre. Scott prêta l'oreille. La situation connaissait une terrible escalade. Un avion de l'US Air Force, volant au-dessus de Cuba, avait été abattu par un missile SAM. Le pilote était mort, le major Rudolf Anderson, l'homme qui avait pris les premières photos des missiles, le héros de ces temps. Des commentateurs débattaient sur la réponse à donner. La plupart voulaient en découdre, exigeaient une riposte rapide et définitive. Écraser les rampes de lancement des missiles nucléaires soviétiques sous les bombes. Débarquer à Cuba le demi-million de Marines déjà sur le pied de guerre. Faire décoller les bombardiers. Le blocus décidé par le Président ne suffisait pas, n'était d'aucune utilité. L'humiliation avait assez duré. L'honneur de l'Amérique était en jeu autant que sa survie. Cuba devait être écrasé sous les bombes, les bâtiments soviétiques coulés, les sous-marins qui les accompagnaient, pris en chasse. Un intervenant entreprit de résumer la situation. Si La Havane était attaquée, les Russes bombarderaient Berlin. Si Berlin était rasé, l'OTAN tirerait ses missiles sur Moscou. Les Russes riposteraient par un tir nucléaire sur Washington. Alors, la supériorité des Américains en matière atomique agissant, l'Union soviétique serait rayée de la carte.

Un bruit de clé se fit entendre, puis un grincement de porte et un tintement de talons. Après quoi, la voix de sa mère laissa échapper :

« Tu es là ?

— Je n'ai pas le droit ?

— Si, si bien sûr.

— Alors pourquoi tu fais la surprise ? »

Elle ne s'attendait pas à le voir.

« Et toi, que fais-tu à cette heure à la maison ? »

Gladys Chapman était revenue de son congé maladie. Elle lui avait proposé de la remplacer.

« Tu es sûre que c'est la vraie raison ? »

Elle n'en connaissait pas d'autre.

« Moi j'en vois une… tu es venue vérifier si j'étais là… C'est cela, tu m'espionnes ? »

Elle ne l'espionnait pas.

« Ah, c'est vrai, tu as chargé ton fils de me surveiller. »

Son fils avait d'autres choses à faire.

« Alors pourquoi me suit-il partout en ville ? »

Il ne le suivait nulle part.

« Je l'ai vu qui m'épiait dans la rue, tout à l'heure. Tu vas continuer à me faire suivre et à me faire passer pour un salopard auprès de mon fils ?

— Ton fils n'a pas besoin de moi pour ça.

— Qu'est-ce que tu insinues ? »

Elle n'insinuait rien.

« Ne me pousse pas à bout.

— Je ne te pousse pas.

— Moi, je peux te pousser, tu sais. »

Elle savait.

« Je n'ai jamais levé la main sur toi, jamais frappé une femme. Alors ne me provoque pas ! »

Elle ne le provoquait pas.

« Que fais-tu d'autre depuis que tu es rentrée ?

— Je cherche à m'asseoir.

— Tu me provoques... Et tu sais qu'il ne m'en faut pas beaucoup. »

Elle était au courant.

« Ne me cherche pas. J'en ai assez que tu me cherches. Personne ne m'a jamais cherché comme toi. Tu me traques, tu m'espionnes, tu me persécutes. Tu me fais passer auprès de mon fils pour un salaud Tu me prends pour un raté. C'est comme ça que vous me voyez, toi et ton fils, un salaud doublé d'un demeuré ? Pourquoi est-ce que tu n'as pas le courage de me le dire ? Tu te gardes toujours le beau rôle. Et quand tu m'auras poussé à bout, quand je ne pourrai plus me contrôler, tu prendras le rôle de la victime, parce que tu sais que je ne me contrôle pas, parce que je n'ai pas ta force, moi, je n'ai pas été éduqué à contrôler mes émotions, ma petite salope !

— Je t'interdis de m'injurier.

— Et qui es-tu pour m'interdire quoi que ce soit sous mon toit ? ! Je peux dire tout ce qui me passe par la tête... Meredith Hatford est une salope, une putain qui couche avec des médecins. »

Elle cria d'arrêter.

« Je peux même le chanter.

— Arrête !

— Tu lèves la main sur moi ? Personne ne lève la main sur Jeffrey Hatford. Tu le sais, non ? J'ai des litres de sang sur les mains, moi, madame ! Tu crois que parce que j'ai une patte en moins je ne sais plus me battre ? Tu veux jouer à la bataille ?... Tiens, prends ça, ma petite sainte... et ça !.. Ah, on fait moins la fière quand on est à terre... Tu ne me regardes plus de haut maintenant. Tu vas supplier maintenant. Supplie ! C'est un ordre du lieutenant Hatford ! Implore ton mari comme tu implores ta saleté de Dieu... Je pourrais écraser ton joli minois avec mes bottes. Ils ne te reconnaîtraient plus dans ton hôpital. Même ce salopard de docteur Jenkins ne voudrait plus de toi. Implore le pardon de ton mari... »

Elle demanda pardon.

« Pardon qui ?

— Pardon, Jeffrey.

— Pardon, lieutenant Hatford !...Tu ne recommenceras pas ? »

Elle dit non.

« Non qui ?

— Non, lieutenant Hatford.

— Tu ne me feras plus suivre ?

— Non, lieutenant Hatford.

— Tu ne me feras plus mentir ?

— Non, lieutenant Hatford.

— Tu ne m'obligeras plus à battre une femme ?

— Non, lieutenant Hatford.

— Allez, relève-toi. Tu n'es pas si méchante au fond. »

XI

Il s'engouffre dans la voiture dont le moteur tourne déjà. Il est sommé de se presser. Il a le ventre creux. Il porte ses habits de la veille par-dessus son pyjama. Il a été réveillé avant la première lueur du jour. Sa mère l'a secoué par les épaules. Quelque chose d'étrange assombrissait son regard. Il a mis le pied par terre. Le sol était glacial. Elle lui a jeté ses habits depuis la porte. Il n'a pas ôté son pyjama. Quand il en a pris conscience, elle était déjà sur le perron. Maintenant, assis sur le siège arrière, il y voit clair. Ils fuient Rolder.

La voiture démarre dans un vrombissement. Les pneus crissent sur le gravier. Ils descendent le sentier. Ils prennent trop vite les virages, frôlent les branchages, rasent les murs. Ils se retrouvent dans la ville basse. Les façades sont plongées dans la pénombre. Çà et là, quelques fenêtres s'allument. Ils traversent Hawthorne Street puis Roosevelt, brûlent le feu du carrefour sur Lincoln Avenue. Ils roulent dans la vallée.

« Allonge-toi. Tu peux dormir un peu, dit Mam.

— Mais si papa se réveille ?

— Il ne se réveillera pas.

— Tu veux dire que tu as… tué papa ! ?

— Ton père a simplement une bonne journée de sommeil devant lui.

— Tu l'as drogué !

— Disons que son dernier whisky d'hier soir devait avoir un arrière-goût.

— A-t-on le droit de faire ça ?

— Non, nous irons en enfer, mon Scott. Et le pire, c'est que nous y retrouverons ton père ! Dors, maintenant. »

Il s'allonge sur la banquette. Il redoute en fermant les paupières de se réveiller au milieu des flammes de l'enfer. Il lutte un instant. Il chavire dans le sommeil.

Il chemine seul sur les bords du Grand Canyon, contemple en contrebas les splendeurs du Colorado enveloppé d'un pur et absolu silence. Il est pris de vertige, perd l'équilibre, tombe dans le vide. Il sort de son cauchemar en sueur. Une pluie d'orage tombe sur la voiture – la hargne soudaine de l'automne.

Le visage de sa mère, dans le rétroviseur, est d'un calme apaisé. Elle l'a vu et sourit. Elle plonge la main dans son sac posé sur le siège passager, tend vers l'arrière un paquet de biscuits. Il dévore les gâteaux, demande, la bouche pleine, si l'on roule depuis longtemps. Plus de deux heures, répond-elle. Il comprend qu'il a manqué une matinée au collège. Jamais il ne connaîtra sa note en mathématiques. Il lui semblait avoir toutes les bonnes réponses. Il encourt l'exclusion pour une absence non justifiée. Exigeait-on un mot du père ?

Un panneau indique « Flagstaff 32 miles ». Mam fredonne *Love Me Tender.* Il n'a pas le cœur à chanter. Il n'aime pas cette route. Il déteste les pluies d'automne. Il n'apprécie pas la tournure des événements. Il préférerait faire demi-tour.

Bientôt son père se réveillera, entrera dans une rage folle, brisera ce qui lui tombe sous la main, ira chercher la hache dans le jardin, saccagera la table, s'en prendra au buffet, défoncera les portes. Puis il mettra le feu à la maison. Sa chambre sera réduite en cendres. Il sera exclu du collège. Il ne fera plus le chemin avec Mike. Il ne flânera plus dans les rues de Rolder. Il ne croisera plus Mr Brown, ne verra plus Jenny, n'entendra plus le révérend, ne s'élancera plus, chaque matin de la semaine, sur la grand-route, ne gravira plus la colline. Il n'aura plus jamais de père.

Sa vie partait dans l'inconnu. Il redoute l'inconnu plus encore que son père. Son père est prévisible, ses accès de fureur attendus. Il connaît par cœur les injures que sa bouche profère. Il s'est habitué à la violence des coups. Il devine l'instant où la colère s'abattra. Il lit dans l'esprit de son père à livre ouvert. Que nous réserve l'inconnu ?

Sa mère promet un arrêt à la prochaine station-essence. Ils en croisent trois sans ralentir. Il fait taire sa faim.

Ils s'arrêtent finalement dans un restaurant de bord de route, aux faux airs de saloon. Il commande un steak, des pommes de terre grillées et des doughnuts. Elle choisit une salade de thon. Elle explique vouloir dépasser Flagstaff. Et après Flagstaff ? Elle avance le nom de Denver. Il n'aimerait pas visiter Denver ? Elle y compte une amie de longue date. Il demeure silencieux. Il n'a jamais songé à se rendre à Denver. Il ne sait rien de Denver. Elle lui demande droit dans les yeux s'il lui en veut de l'avoir entraîné sur cette route. Comment pourrait-il en vouloir à sa mère ? À peine s'il parvient à détester son père. Il se sent incapable de rancœur. Haïr n'est pas dans ses cordes.

Aurait-il préféré rester ? Non, ment-il. C'était, justifie-t-elle, la première fois que son père levait la main sur elle. Qu'y aura-t-il après, un coup de carabine ? Il répond qu'elle a pris la bonne décision. Des larmes silencieuses coulent sur les joues de sa mère. Aussitôt, il se met à pleurer

Ils reprennent la route. L'orage a cessé. Le ciel est d'un bleu intense et sec, un miracle de lumière. Dans le lointain, au pied des monceaux de roches, se dressent des monolithes. Il songe qu'autrefois, sur ces terres, Geronimo entraînait ses guerriers. Par endroits, les pics se rejoignent en sculptant dans l'air des arches de granit. Tout s'élève comme une prière que la terre fait au ciel.

Ils fuient dans ces immensités. Son père répétait que nulle part, en aucun lieu de la terre, ils ne seraient à l'abri. Ni le gouffre des canyons, ni le sommet des mésas ne dresserait de frontières entre eux et sa colère. La terre entière ne serait pas assez vaste pour eux. Il les rattraperait au bout du monde. Qu'ils fuient ! Le lieutenant Hatford avait déjà eu affaire à plus coriaces qu'eux. En Corée, sur les étendues embourbées des rizières, sa division avait été anéantie. Pas lui. Des milliers de vétérans de la Seconde Guerre qui avaient vaincu la grande armée allemande avaient succombé aux attaques chinoises. Pas lui. Son propre frère avait disparu lors de la chute de Séoul. Son benjamin qu'on abat et la mort ne veut pas de lui. Trois cent mille soldats des Forces alliées tués. Lui avait survécu. Il avait tout gardé en mémoire. Il se souvenait de tout. La terreur des GI dans les forêts obscures où derrière chaque arbre se cachaient les Chinois, des milliers de Chinois dans chaque forêt qui attaquaient la nuit et attaquaient le jour. Sous les pluies torrentielles dans la chaleur torride, dans la vallée de Ch'orwon, sur chaque colline, prise et reperdue, cette guerre de tranchées. Les tanks chinois fonçaient sur eux à Pusan, et eux devaient tenir coûte que coûte, avaient dit Mac-Arthur et le général Walker et le lieutenant général Ridgway quand Walker s'était tué dans sa Jeep. Les armadas de Jaunes déferlaient par vagues, sur chaque position – tenez les positions ! –, traversaient la rivière Nakton, et Pusan, devenu synonyme d'enfer et croulant sous les bombes. Les combats à l'arme légère, dans la cuvette de « Punch Bowl », quand les munitions manquaient, les hommes dont il avait transpercé le ventre à la baïonnette, oui, à la baïonnette, onze à lui seul, de ses mains, le sang giclait des corps, ses mains baignées de sang. Et savaient-ils quelle force l'avait fait tenir le long des bourbiers, au milieu des cadavres ? Quelle puissance lui avait permis d'enfoncer la dague dans les entrailles de ses ennemis ? Quel prodige lui avait fait éviter les balles tandis que les boys tombaient comme des mouches ? La seule pensée qu'il devait les revoir. L'unique perspective de retrouver son fils. Qu'ils essaient donc de le semer ! L'Arizona n'était pas assez grand. L'Amérique était un territoire trop exigu. Ils les rattraperaient sur le pont de Brooklyn, dans le fin fond du Montana. Le continent américain était trop petit pour eux trois. Qu'ils traversent la mer, demandent l'asile à Castro ! Il les retrouverait dans n'importe quel bouge de

La Havane. Il ne craignait pas les Rouges. Il avait tué des Bruns, des Jaunes, il décimerait les Rouges. Ainsi parlait Jeffrey Hatford.

Par trois fois déjà, ils avaient essayé de fuir Rolder. Leurs tentatives d'évasion s'étaient toujours soldées par un échec. De la première fois, il ne connaissait que le récit que lui en avait fait sa mère. Il était âgé de trois ans. Elle l'avait installé à l'arrière de la vieille Ford que son amie Linda Harvey lui avait prêtée – un tacot, une ruine. Mam avait fait halte à la station-essence du centre de Rolder. Elle avait enjoint au pompiste d'aller vite. Inutile de faire le plein. Tenez, voilà deux dollars, merci. Après avoir tendu l'argent, elle avait vu arriver au loin la Chevrolet 1947 bleue de Jeffrey Hatford, roulant au ralenti, ses phares allumés en plein jour. La voiture était passée lentement et sans s'arrêter devant le poste à essence. Lorsque Mam avait tourné la clé de contact de la Ford, aucun bruit de moteur ne s'était produit. Elle avait réitéré son geste. La voiture était restée silencieuse. Après quoi un crissement de pneus s'était fait entendre depuis le bout de la rue. Quelques secondes plus tard, la Chevrolet leur barrait la route. Ils avaient été reconduits sur la colline solitaire.

Il conservait quelques bribes de souvenirs du deuxième épisode. Cela s'était passé trois ans plus tard. Ils étaient à bord d'une Oldsmobile 1952 en parfait état dont il n'avait jamais su par quelle voie sa mère se l'était procurée. Ils avaient dépassé Phoenix. Ils roulaient sur la route de Tucson. Sa mère n'avait jamais conduit aussi vite. Elle regardait sans cesse dans le rétroviseur. À quelques miles de Tucson, un bruit de Klaxon s'était fait entendre sur la droite. Depuis le siège arrière, Scott s'était écrié, d'un ton enjoué : « Regarde Mam, papa nous dépasse ! » Ils avaient fait demi-tour.

Il se remémorait chaque seconde de l'ultime tentative survenue deux ans auparavant. Ils étaient à bord de la Cadillac coupé Deville 1957 dont Mam avait dérobé les clés pendant le sommeil de son père. La Cadillac roulait bien. Mais la fenêtre côté passager ne fermait pas complètement et laissait pénétrer l'air. Il se souvenait du vent froid. Ils étaient parvenus jusqu'à Belen. À l'instant de franchir la frontière de l'État du Nouveau-Mexique, Mam avait laissé échapper : « Nous sommes sauvés ! » Ils avaient fait halte dans un motel, au bord de la 60, près de Magdalena. On leur avait alloué une chambre dans l'annexe du bâtiment qui donnait sur le parking. Mam avait garé la voiture devant la porte, sorti les valises du coffre. Ils avaient dormi dans le même lit – le plus grand lit qu'il ait jamais vu. Au milieu de la nuit, des coups avaient retenti. Quelques secondes plus tard, la porte était enfoncée. Son père avait surgi. Il avait un regard de dément. Sa bouche déversait des tombereaux d'insultes. Ses mains faisaient le vide sur son passage. Scott s'était réfugié au fond de la pièce, accroupi derrière un fauteuil. Sa mère s'était interposée face à son père. Un homme était intervenu, avait demandé d'où venait ce vacarme. Son père s'était retourné sur l'homme, l'avait mis à terre, puis était revenu. Il avait écarté Mam d'un mouvement ferme du bras, s'était approché en direction de son fils, avait saisi le fauteuil derrière lequel il s'abritait et l'avait jeté contre la fenêtre qui avait éclaté en morceaux. Il avait pris son fils entre ses bras, avec douceur, il faut le dire, l'avait soulevé, avait traversé la pièce, ouvert la portière de sa voiture, étendu le garçon sur la banquette arrière, s'était glissé à l'avant, avait mis le contact. Ils étaient repartis en direction de Rolder. Comment les avait-il retrouvés ? Aujourd'hui encore ce mystère le remplissait d'effroi.

La route longe maintenant des falaises de grés rouges dont les pitons forment comme une escorte, les entourent, les protègent. Au-dessus de ce rempart sans faille, le soleil est radieux, l'air limpide. Des buissons de mesquite, des bosquets de négondos surgissent de la terre. De temps à autre, de grosses voitures, vieilles Chevrolet ou Plymouth, de couleurs vives, aux portières cabossées, remplies d'hommes, les dépassent. On longe une rivière à sec. En suivant le lit du regard, il distingue quelques ruines de pierre, vestiges des temps anciens où les Indiens Anasazis avaient apprivoisé la terre, construit des jardins suspendus. Les tourelles de lave, les successions de pitons sculptés dans la roche forment des groupes de géants dressés à l'horizon. Il se dit que l'âme des guerriers indiens s'est pétrifiée ici. Leur esprit règne en ce lieu, répand la force, le courage dans lequel il sera possible de puiser.

La fatigue du voyage commence à lui peser. Il contemple le paysage de falaises escarpées au pied desquelles poussent des forêts d'érables. Bientôt, non loin d'ici, dans le désert de Sonora, les pluies de décembre feront par millions des lupins, des pavots. Peut-être, un jour, reviendra-t-il parcourir ce pays en compagnie de sa mère ? Puisque le malheur a dit son dernier mot.

Ils s'arrêtent dans le bar d'une bourgade, commandent, elle un café, lui une glace. Un homme se dirige vers le juke-box de la salle. Quelques secondes plus tard, les premiers accents de *Come Fly with Me* résonnent.

« Pourquoi me regardes-tu ainsi ? » fait Mam.

Il garde le silence.

« Tu crois que c'est notre chanson, n'est-ce pas, à ton père et à moi ?.. Il n'y a rien de plus stupide que cette fable de notre chanson… D'ailleurs, il n'y avait aucune musique quand j'ai vu ton père pour la première fois. Tu sais bien comment cela s'est déroulé. »

Une femme entre, demande d'une voix cinglante s'il reste de la farine. On lui répond qu'ici c'est un restaurant. La femme explose de colère. « Aujourd'hui, nous n'avons besoin que de farine, de soldats et de la protection du Seigneur ! » Puis elle quitte les lieux.

« Il n'y avait pas de violons le jour de notre rencontre, mais il y avait une grande douceur dans le regard de ton père… Derrière ses allures de matamore, il était plein d'humanité.

— On parle du même homme ?

— Toi, tu parles d'un homme revenu de la guerre ; moi, de quelqu'un qui y partait.

— Tous les hommes vont à la guerre.

— Beaucoup n'en reviennent pas.

— Lui en est revenu.

— Ce n'est pas certain.

— Et nous, nous reviendrons ? »

Elle ne reviendra pas. Cette vie, explique-t-elle,

appartient au passé. Elle ne retournera pas en arrière. Elle ne verra plus cet homme. Elle n'affrontera plus son regard. Elle n'endurera plus sa colère. Elle ne le relèvera plus de l'abîme où il sombre. Bientôt Jeffrey Hatford ne figurera rien d'autre à ses yeux que le père de son fils.

« Mais pour toi, poursuit-elle, c'est autre chose. Que tu le veuilles ou non, il restera ton père.

— Un sauvage de père. »

Elle le lui a déjà raconté, son père n'avait rien d'un barbare lorsqu'elle l'a rencontré. Peut-être est-ce la guerre qui l'a transformé, lui a inculqué l'usage de la violence ? Était-il plus doué que les autres ? Est-ce cela qui l'a sauvé ? Son frère Richard, doux comme un agneau, était mort à Séoul. La brutalité de son père était peut-être une cicatrice de la guerre ?

« Tu veux voir les traces de ceinture sur mon dos ?..

— Je te donne des pistes pour quand tu reviendras.

— Je ne reviendrai pas ! »

Elle explique qu'on a initié son père au culte de la guerre. À tuer, à voler. Comment regagner la raison ? Comment trouver la paix ?

Une question brûle les lèvres de Scott : « Et-ce que la guerre conduit aussi sur le chemin des putains de Rolder ? » Mais il préfère se taire.

« Un jour ou l'autre, dit-elle, tu devras pardonner à ton père… Mais rassure-toi, tu as tout le temps devant toi. »

Ils reprennent la route. Il s'assoit sur le siège avant, il veut être aux côtés de sa mère. Sous le crépuscule tombant, les plateaux, les vallées s'imprègnent de grisaille. Tout exhale une lourde lassitude. L'est vers lequel ils roulent est plongé dans la nuit. Les phares des voitures les aveuglent De temps à autre, elle saisit sa main et la serre. Les poteaux, les maisons le long de la route, défilent devant eux à la manière de spectres. Une ombre immense recouvre la terre. Il se rappelle avoir entendu le révérend parler du jour du Jugement dernier. Ce jour est-il venu ?

« Mam, j'aimerais dormir un peu. Est-ce que je peux aller sur la banquette arrière ?

— Mon ange, nous nous arrêterons d'ici une heure. Je préfère que tu restes à côté. Je n'aime pas conduire la nuit. Mes yeux n'y voient pas clair. Tu veux bien patienter à mes côtés ? »

Il fait oui.

« Tu resteras toujours à mes côtés ? »

Il acquiesce.

Ils roulent seuls, vers nulle part. Sa mère regarde fixement la route. Elle a l'air infiniment triste. Il se sent comptable de son chagrin. Il songe : Demain, tu trouveras chez moi les bras qui secourent, je te conduirai à l'abri au-delà des montagnes comme avant tu me portais, endormi, au fond de mon lit. Je sais dorénavant à quelle sorte de combat sont assignés mes jours. C'est au fils de ressusciter les vérités premières. Je serai celui qui avance devant toi, celui qui t'accompagne, dissipera ton chagrin, effacera ta peine. Tu m'as mis en tête d'étranges choses. Tu m'as appris à narguer le destin, à placer mes espoirs au-dessus de mes craintes. J'avancerai dignement, je serai à ta hauteur. Le temps est révolu, ma mère, où chaque jour, nous partions cueillir le fruit de la douleur, récolter le malheur. Ces temps sont derrière nous, regarde-les filer. Tu fais de moi un homme. Qui pourrais-je bien craindre, quelle peur pourrait m'atteindre ?

Il veut dérider sa mère. Il connaît la manière. Il proclame :

« Je crois que j'ai trouvé ce que je veux faire plus tard.

— Qu'est-ce que je gagne si je trouve ?

— Devine, tu verras bien.

— Tu pourrais être… acteur ! »

Il ne veut pas devenir acteur. Les acteurs sont des clowns, les acteurs vieillissent plus rapidement que leurs semblables, les acteurs tournent mal à force de se glisser dans la peau de n'importe qui, à force d'ingurgiter n'importe quoi. Les acteurs n'ont pas d'âme propre.

« Bon, alors… tu joueras dans l'équipe de base-ball des Mets. Ton entraîneur m'a dit que tu étais un excellent lanceur. »

Son entraîneur la flattait pour qu'elle revienne le voir jouer. Il avait remarqué son manège, la manière dont il la reluquait dès qu'elle lui tournait le dos. Il n'appréciait pas sa façon de la regarder, cette lueur lubrique au fond des yeux de l'homme. Plus généralement il déteste la manière dont les hommes regardent sa mère.

« Ton père t'aura au moins transmis quelque chose… Alors, que veux-tu devenir ?

— Je veux devenir… l'inverse de mon père.

— Tu es tout l'inverse de ton père. Tu es doux, tu es bon. Tu es mon ange. Dis-moi ce que tu veux faire ! »

Il lui fait promettre de ne pas se moquer puis avoue :

« Tu te souviens du discours du Président, en septembre à Huston… *Nous choisissons d'aller sur la Lune dans cette décennie, non parce que c'est facile…*

— … *mais bien parce que c'est difficile, parce que c'est un défi que nous avons l'intention de gagner, celui-là comme les autres…* Où veux-tu en venir ?

— J'aimerais… être le premier homme dont le Président parle.

— Le premier… à… marcher… sur la Lune ! ?

— Je vaux moins que les autres ?

— Tu es le fleuron de l'Amérique… Tu seras le premier homme à marcher sur la Lune ! Je viendrai t'accueillir à ton retour sur terre. Je t'embrasserai avant même que JFK ait le temps de te serrer la main. »

Il lui fait jurer de ne répéter ses propos à personne.

« À personne, assure-t-elle. Pas un mot avant que la photo ne fasse la une du *Time.* »

Ils longent la clôture d'une base militaire près de laquelle, à un arrêt de bus, plusieurs soldats font de l'auto-stop. Il contemple les uniformes, observe les mines hilares, voit la fierté sur les visages, la loyauté ardente. Que deviendront ces hommes ?

La pluie tombe à nouveau. Au-dehors défile un paysage de montagnes et de collines nues dans le lointain desquelles de gros nuages déversent des orages. Des trombes d'eau s'abattent bientôt sur la voiture et font vibrer la tôle. Des rafales de pluie fouettent la chaussée. Les bourrasques de vent jettent des buissons en travers de la route. Des nuages se crèvent au-dessus d'eux. L'horizon se noircit.

Mam conduit les mains crispées sur le volant. Son visage est tendu, ses paupières plissées. Quand une voiture les croise, les éclats de lumière jettent des ombres inquiétantes sur son front. Ses traits fatigués durcissent à la lueur des phares. L'orage redouble de violence. Des éclairs mauves zèbrent le ciel. Le tonnerre résonne. Les trombes d'eau font un fracas continu sur le toit de la voiture.

Au loin, soudain, Scott distingue le halo de quatre phares. Les feux occupent la largeur de la route. Sur l'instant, Scott ne comprend pas comment un véhicule peut prendre autant de place, la largeur de la route. Quand la distance se réduit, il aperçoit distinctement deux véhicules fonçant en leur direction. Une voiture double un camion.

Sa mère pousse un cri déchirant de frayeur. Scott voit l'effroi sur sa figure. Un bruit terrible, de fureur métallique, résonne. La terre se met à tourner. Tout est stupéfiant et terrible à la fois, pris d'une vitesse folle. L'instant semble défier les lois, les lois de la physique et les lois mécaniques, les lois de la logique et les lois de l'équilibre, les lois de la pesanteur et les lois de l'attraction, les lois de l'esprit et les lois de la morale, la loi humaine et la loi divine, le droit naturel et la justice de Dieu, la loi de Moïse et les Évangiles, la loi du destin et la loi de la Providence, les lois de l'univers et la loi de la vie.

« Ô Seigneur ! » s'écrie Mam.

Elle tourne la tête en direction de Scott. Elle le fixe des yeux, intensément, avidement, comme si elle voulait emporter dans ce seul et dernier regard toute la grandeur d'un fils, contempler dans l'ultime seconde une existence entière. Elle sourit, le visage soudainement apaisé et empreint de douceur. Une expression de tendresse infinie brille au fond de ses yeux, joie éclatante dans le malheur, beauté radieuse refusant d'offrir à son enfant un masque d'épouvante pour dernier souvenir.

La nuit tombe sur eux.

XII

La nuit est partout, là où ses yeux se posent, de la terre jusqu'au ciel, sur le flanc des montagnes et tout au fond de lui, il avance au milieu de cette nuit profonde, sans commencement ni fin, où qu'il mette ses pas, les yeux baissés de honte ou levés vers le ciel, les ténèbres profondes, il marche sans comprendre, rien ne lui paraît vrai, ni beau, ni tranquille, le monde a disparu ou ce n'est pas le monde, la vérité du monde et la splendeur du monde, c'est le monde interdit, enveloppé de silence, immobile et glacé, le monde où rien ne change, l'eau croupie d'un étang qu'aucune pluie ne bat et où plus rien n'ondule, source du grand silence, étendue d'épouvante, l'autre côté du monde, où il n'y a pas lieu d'être et d'où il faudrait fuir, mais fuir est impossible, l'effroi mène ses pas, il est comme porté, il aimerait se défendre, ou que quelqu'un le mène, en ce bas monde là, qu'on fasse la lumière sur ce qui advient, ce qui est advenu et ce qui adviendra et éclaire la nuit, sépare le vrai du faux, et le néant du jour, tende une main vers lui, une voix familière qui conseille quoi faire et révèle où se rendre, car il se sent perdu, a perdu son chemin et a perdu sa voix, le toucher, l'odorat, enfin ce qui fait l'homme, il cherche son chemin, sans les bras de personne, sans personne à conduire ni personne à étreindre, dans cet espace immense plus grand que le désert, il connaît les déserts, leurs grandes ombres bleutées, et leur voile de brume, ceci n'est pas le désert, et lui qui d'ordinaire s'interroge sur tout, lui qu'un rien attire, qui brûle de tout savoir, la fin et les moyens, comment la mer est bleue, pas brune ni orange, et pourquoi la terre tourne, il préfère ne rien connaître du lieu de son errance, ni savoir pourquoi ou comment il se retrouve là, quel sort lui réservent les terres où il s'enfonce, ce qu'il voit lui suffit, l'ignorance est précieuse, un atout dans ce monde où rien n'est avéré, il ne veut pas savoir puisque, il en est sûr, rien ne soulagera sa peine, sa peine sans limite, ni n'adoucira son mal, n'apaisera sa peur, car sa peur est immense, plus grande que le désert, il a peur d'où il vient et où il se rendra, il a peur de l'oubli et peur de sa mémoire, il redoute le froid qui tombe lentement, autour de lui, le froid qui glace l'air et lui glace l'esprit, un froid de sépulture, qui gèle ses doigts, ses orteils, ses mollets et son corps tout entier, et il redoute aussi de ne plus sentir le froid, craint de perdre ses doigts, il recueille dans l'air toutes les peurs du jour, il a peur de son ombre, il tremble comme il respire, il craint d'apprendre ce que cache la nuit, le pourquoi de ce jour, il préfère qu'un voile recouvre les ténèbres, il trouve un charme fou à ce que rien ne dure, espère que c'est ainsi, ici, que tout se passe, comme partout ailleurs, dans le monde connu, l'univers familier, là où ne se conçoit ni souffrance éternelle ni douleur infinie, mais il devine que quelque chose est survenu, quelque chose d'étrange, de terrible, de funeste et fatal, quelque chose qu'interdit d'appréhender son âge, ni approcher de loin, ni regarder en face, un lourd pressentiment affole ses pensées et engourdit ses cuisses, rend sa gorge muette : il sait qu'il vient d'un lieu où la lumière n'est plus.

Ses jambes d'ordinaire l'auraient fait détaler, fuir ce monde-là, cette atroce vallée, longer le grand désert, traverser les montagnes, quitter le lieu maudit, rejoindre l'autre monde où dorment les étoiles, il ne sent pas ses jambes, son corps ne répond pas, pas plus que son esprit ne repousse ses craintes, et les sombres soupçons qui habitent en son âme et parlent à ses pensées un langage cruel qu'il ne veut pas entendre et qu'il ne saisit pas, comme il aimerait comprendre ce vers quoi il avance, voir la pâle clarté dans le lointain obscur où règne la douleur, règne le crépuscule, entendre dans le vent murmurer une voix, une voix familière, mais nul arbre ne bruisse sous le souffle du vent, ici, là où il marche, le temps ne s'écoule pas, le temps est suspendu à ses lèvres immobiles, tout a cessé de battre, les minutes et les heures, les cœurs et les mains, c'est la nuit éternelle et froide des âmes nues dans l'affreuse vallée, dans le fin fond duquel, en ce jour, à cette heure, il a chaviré comme on tombe du ciel.

Et longtemps après qu'il s'est enfoncé dans la nuit, dans l'air obscur et lourd où toute voix s'est tue, plus rien n'a d'odeur, de couleur, ni d'ombre, il lui semble distinguer au loin un soupçon de clarté, un pâle scintillement dans le sombre absolu, oui, quelque chose dans le fond des ténèbres se met à briller, une goutte de miel dans l'océan saumâtre, des étoiles, il en doute, il n'a pas le cœur à voir les étoiles, son cœur terrassé par le mystère atroce déployé devant lui, injustement cruel, implacable et barbare, est-ce sinon la fatigue de cette longue marche, qu'aucune main tendue ni autre réconfort ne vient soulager, peut-être ce cheminement sans fin dans la cité obscure fait-il miroiter à son esprit atteint, sous ses yeux égarés, des quartiers de lunes là où tout est nu, vide de tout espoir et empli de malheur, mais ce n'est pas ça, l'éclat se précise à mesure qu'il marche, cette lueur vacillante, fuyant sous le regard maintenant cesse de trembler, points fixes de l'errance, cette lueur l'accompagne, comme le scintillement des vagues vous suit le long des mers, et lorsqu'il s'arrête la lumière se fige, et lorsqu'il repart elle l'escorte encore, indulgence du ciel, cette lueur approche, prend un coin de nuit et se l'accapare en éclairant la route de sa simple présence, il fixe face à face cette étrange lueur et comprend sa nature, pourquoi elle est là et ce qu'elle exprime, cet éclat familier autrefois illuminait tous les matins du monde, et maintenant répand sa clarté dans la ruine du jour, voilà, c'est l'éclat du regard de sa mère juste au-dessus de lui, ses beaux yeux expressifs veillent sur sa route, étincelles de splendeur, de légèreté, de joie, rayonnement de chaleur faisant fondre l'effroi, éclipsant les ténèbres, soufflant de la douceur dans le vent froid du soir.

XIII

Il émergea lentement du sommeil. Il ignorait quelle heure il pouvait être. Il ne se rappelait plus vraiment la veille. Que s'était-il passé au juste ? Les souvenirs venaient par bribes. Des paysages inconnus défilaient. La pluie tombait. Mam souriait au volant d'une voiture. Le reste était confus, enveloppé de mystère. Il cessa de fouiller dans sa mémoire. La chaleur des draps le réconfortait. Il revenait d'un monde obscur. Maintenant, plus rien ne menaçait. Le temps, l'espace semblaient puissamment figés. Et cette immobilité qu'il redoutait naguère aujourd'hui l'enchantait. L'orage avait passé.

Il sentit une main caresser son front, entendit murmurer quelque chose à son oreille. Il reconnut le timbre de voix de son père, mais la bienveillance du propos et la douceur du ton ne coïncidaient pas avec les discours proférés d'ordinaire. Le chuchotement se poursuivit. Il dut convenir qu'il s'agissait bien de son père. Il déduisit que c'était le frôlement de sa main. Son père était à ses côtés et ne le grondait pas, ne le tirait pas du lit, ne le giflait pas, ne l'insultait pas, ne hurlait pas. Les temps avaient changé.

Un tuyau enfoncé dans sa gorge insufflait de l'air dans ses poumons. Des liquides venaient l'alimenter par la voie de ses veines. Des mains fermes le saisissaient par les hanches et les épaules, le retournaient sur lui-même, frottaient sa peau, le nettoyaient. Les choses s'accomplissaient sans qu'il intervienne.

Ses jambes ne lui obéissaient plus. Ses côtes l'oppressaient. Son dos, comme tassé, son nez, son épaule gauche, son bassin le mettaient au supplice. Plusieurs fois par jour, un fluide parcourant son corps soulageait ses souffrances et l'entraînait vers des rêves étranges. Il traversait des contrées détachées de la terre. Il était cet instant où passe le vent de l'aube. Il errait dans des lieux dont il ignorait tout. Les douleurs s'apaisaient. Mais rien ne soulageait sa peine et tout ce qu'une âme perçoit d'une profonde blessure.

Dans ce monde blafard et cette fraîcheur de cave, la vie semblait imparfaite. Une ombre était absente parmi la multitude à son chevet. Le monde sans cette ombre ne ressemblait à rien.

Dans l'air flottaient toutes sortes d'odeurs. Un parfum manquait. Sans cette senteur dans l'air, l'atmosphère était irrespirable. L'idée lui vint que le tuyau dans sa bouche l'empêchait de percevoir le parfum manquant. Au prix de gros efforts, il parvint à rejeter le tube hors de sa gorge. Soudain on s'activa autour de lui. Des mains pressèrent puissamment ses poumons. Des lèvres s'appliquèrent sur sa bouche. Un vent de panique souffla au-dessus de son lit. C'était beaucoup d'agitation et il n'aimait pas ça. Il se sentit coupable de provoquer tant de fièvres et d'émois. L'agitation dura un long moment. Puis tout retomba dans un calme secret.

Le soir lui apparut la silhouette d'une femme assise au bord du lit, un regard enchanteur posé sur lui dans la blancheur irréelle enveloppant la pièce. Des doigts effleuraient son visage, un baiser frôla ses joues. Douceur et consolation se répandirent sur la chambre. Il s'abandonna à la quiétude de l'instant, goûta aux effusions de tendresse. Il reconnut la dame à son chevet. Présence de sa mère, vision de vérité, étincelle de vie, excuse des offenses, prodiges d'affection. Voilà, il avait renoué avec sa vie antérieure. Oui, rien de désastreux ne survenait jamais sur la route 17.

L'aube fit fuir sa mère. Le jour ramena son lot de bruits, d'animations et de souffrance. Tout semblait terne et dérisoire, une longue et pénible attente. Il espérait que le miracle se reproduise, que l'être aimé reviendrait illuminer ses heures. Il regardait le temps passer, observait le défilé des infirmières, écoutait la voix désolée des hommes, ces inconnus vêtus de blanc qui avaient fait de lui leur chose, le considéraient comme un morceau de chair, le piquaient sans précaution, surgissaient puis disparaissaient, jetaient sur lui un regard plein de morgue, êtres suprêmes, pères supérieurs qui se croyaient la condition essentielle de sa survie, se parlaient entre eux comme s'il n'existait pas, ignoraient la présence qui les éclipsait tous, ignoraient qu'une seule voix commandait désormais aux fantômes du soir.

Et, à la nuit tombée, après la toilette du coucher, le départ de son père, la dernière visite de l'ultime blouse blanche, elle reparut.

Cela devint leur nouveau rendez-vous, chaque soir, à l'heure du crépuscule, quand culmine la tristesse des hommes, le visage chéri se découpait à la pâle lueur de la lampe que l'infirmière de nuit laissait toujours allumée. Il retrouvait sa mère assise à son chevet sans qu'il ait perçu le moindre bruit de pas, grincement de porte ou de fenêtre. Cela ne l'étonnait pas, comme rien de ce qui l'entourait ne pouvait le surprendre. Mam s'installait toujours à la même place, à la tête du lit, arborait un semblable sourire radieux et entamait sa visite par une chanson, toujours la même, *Love me tender*. Comme cette voix chantait juste, cet air était si doux. Après quoi elle le fixait longuement. Il se laissait contempler, se laissait appeler « mon ange ». Elle se levait, saisissait une compresse sur une tablette près du lit, épongeait son front, essuyait ses lèvres, examinait attentivement la courbe de température, le pouls et la tension notés dans la journée, les médicaments pris. Un rien la portait au comble de la joie. Un 37°, et elle jubilait. Un 12 de tension, elle le serrait dans ses bras. Mais elle était aussi capable de colère si la fièvre montait, le pouls s'accélérait. Elle s'emportait contre les médecins, les traitait d'incompétents, promettait de voir le directeur. Elle connaissait le directeur. La plupart du temps cependant, elle se montrait satisfaite. Les membres avaient retrouvé leur mobilité. Les plaies commençaient à cicatriser. Les choses allaient de mieux en mieux.

Un soir, elle décida qu'il était temps pour lui de se dégourdir les jambes. Il la suivit au-dehors. Il n'était nullement surpris de marcher là, dans la semi-obscurité, sur une allée bordée de chênes centenaires.

Il ne ressentait pas le froid. Il ne redoutait pas de se perdre. Il avançait au côté de sa mère dans le grand calme de la nuit. Avait-il déjà vu ce versant-là du monde ? Il ne se posait pas la question. Il n'avait d'yeux que pour elle. Il se contentait de l'instant. Il vivait toute une existence en cet instant. Le temps des révélations était révolu. Rien ne saurait changer le cours du temps. Il ignorait s'ils auraient accès aux rivages féeriques. Il redoutait que non. La joie ne jaillirait plus de cette terre aride. Il avait eu sa part. Il se résignait à son lot de souffrance infinie comme il avait souscrit à un bonheur sans bornes. Ils avaient vécu le meilleur. Que demander d'autre à l'univers ? Parfois il se mettait à courir. Elle adorait le voir courir. Il s'élançait le plus rapidement possible, filait devant elle et lui tournait autour. Elle esquissait aussi quelques foulées. Ces nuits à courir auprès de sa mère. Ils revenaient dans la chambre, elle le couvrait de baisers, essuyait la sueur sur son front, ô l'ange de sa mère. Une lueur blanche se répandait sur la chambre, signait la naissance du jour. Soudain, il se retrouvait seul. Les blessures à l'épaule, sur le crâne et au dos se ravivaient. Et la plaie de son âme brûlait comme un brasier.

L'instant des attentes à l'approche du crépuscule, il se mettait en pensées à la fenêtre, sa joie secrète grandissant à mesure que l'heure avançait. Il se préparait aux retrouvailles, impatient de voir l'être adoré, se laissait docilement faire la toilette par les femmes, leur enjoignait intérieurement de frotter fort sa peau, veillez, mesdames, à effacer toute trace de sang, les blouses blanches laissent toujours des traces avec leurs aiguilles, lavez-moi des scories qui effraieraient le regard d'une mère, toute mère souffre en voyant son fils dans l'état qu'autorisent les médecins. Pensez-vous Mam différente des autres mères ? Ne laissez rien qui l'effraie, rien qui puisse paraître négligé ou laisser croire que Scott ne suit pas les conseils de Mam, la parole d'une mère est sacrée, ses mots impérissables, vous le savez, vous êtes mère, coupez bien les ongles, que mes dents resplendissent, les dents c'est essentiel, et versez encore sur mon cou quelques gouttes de ce parfum à deux cents, l'odeur qu'elle retiendra de retour dans sa nuit, frottez, chères mesdames, vous nettoyez un ange, l'ange de Meredith Hatford, et vous, blouses blanches, quand ôterez-vous ces tuyaux ? Croyez-vous que c'est allongé ainsi et ainsi accoutré, presque nu et la peau sur les os, qu'un garçon reçoit sa mère, croyez-vous que ce lieu soit la place d'un fils ? Rangez donc ces machines aux bruits de soufflerie, voulez-vous faire fuir Mam, croyez-vous avoir tous les droits parce que vous détenez tous les pouvoirs ? Vous êtes des ignorants, vous ne savez rien de la femme qui vient visiter son fils le soir venu.

À la fin de l'ultime nuit, sa mère se pencha au-dessus de lui. Une pâleur spectrale voilait sa beauté d'opaline. Elle prit un air désolé. Le contact de sa paume refroidit, son regard s'assombrit. Il vit sa mère en rêve prononcer des adieux. Et, pour la première fois, il ouvrit les paupières.

Ses yeux se dessillèrent. La clarté de l'aube enveloppait l'atmosphère. Il découvrit les rideaux aux fenêtres, la blancheur des murs, les barreaux autour du lit, le vide de la chambre. Il comprit brusquement ce que savaient les hommes, le sort qui lui était promis, quel genre d'épreuve il allait affronter. Il comprit le malheur qui venait de frapper, un malheur sans limite, plus grand que les puits faits de millions de larmes, les hymnes portés par le vent, le chant de clameurs des armées, les soleils inondant les vallées, l'odeur des arbres de la terre, les torrents profonds de lumière, tous les secrets des cathédrales, les lueurs roses de l'aurore, les éclats argentés du soir, les ponts au-dessus des fleuves, la découverte de nouveaux mondes, les grandes lois de l'univers, les archipels sidéraux, l'éclat des trésors de guerre, les moissons d'or du passé. Sa mère avait rejoint le royaume des morts. Il l'avait laissée seule dans l'inconnu du soir. Il dormait chaudement dans ce grand lit blanc pendant qu'elle marchait dans le froid absolu. Il comprit les prières qu'on adressait à Dieu, le nom de l'Éternel, l'infini que l'on nomme. Sa peine était plus grande que l'infini, son désespoir durerait plus que toute l'éternité.

Une infirmière entra dans sa chambre, poussa un cri de surprise devant ses yeux ouverts. On accourut à son chevet. Une tribu entière de blouses blanches lui tourna autour, avec d'étranges sourires aux lèvres, sourires de connivence, expressions de joie irradiant des visages, mines enjouées exprimant le soulagement, la satisfaction du travail accompli, la confiance éperdue dans les avancées de la science, la foi dans le progrès qui gouverne la marche du monde, n'autorise pas le doute, le soupçon et la peine. On se réjouissait, comme de l'annonce d'une fête, de l'événement que constituaient ces paupières entrouvertes. Un simple mouvement de ses globes oculaires attirait les bravos. Pas un de ces savants ne semblait voir le cadavre chéri étendu à ses pieds. Ignorez-vous, messieurs, le drame qui me frappe ? Grands docteurs, éminences, êtes-vous aveugles et sourds ? Rangez votre allégresse, habillez-vous de sombre, cette chambre est un cimetière. Ce grand pas décisif dont vous tenez l'éloge, c'est un pied dans la tombe ! Vous qui étiez de garde, vous, là, qui souriez, n'avez-vous pas vu une ombre se glisser dans la nuit ? Les médecins jubilaient, se félicitaient et fêtaient dignement le jour de la victoire. On sabra le champagne à l'enterrement de Mam.

Au crépuscule, il se prit à croire que sa mère reparaîtrait. À quoi servait de voir s'il ne pouvait plus contempler son visage ? Qu'on lui couse les paupières, qu'il retrouve la grâce ! Il scruta à travers la fenêtre la cime de chênes centenaires bordant l'allée sur lesquels lentement la brume descendait. La nuit se déroula sans que rien ne survienne. À l'aube, il comprit que le jour poindrait sans qu'il revoie sa mère. L'automne s'achèverait. L'hiver et le printemps arriveraient sans elle. L'été serait synonyme de souffrance sans nom. Il entrait dans la vie orpheline.

XIV

Ce matin-là, une cour de blouses blanches menée par un homme grand, ventripotent, grisonnant et à qui l'on donnait du « professeur » pénétra dans la chambre. Le cortège entoura son lit dans un brouhaha que le professeur fit taire d'un claquement de doigts. Un jeune docteur sortit du rang. D'une voix solennelle et un rien hésitante, l'homme résuma l'histoire de Scott, telle qu'il l'avait comprise – un adolescent victime d'un grave accident de la route, sortant de deux semaines de coma, récupérant tous ses sens et sa motricité mais ne recouvrant pas l'usage de la parole. Aussitôt qu'il eut terminé, le professeur, goguenard, s'interrogea sur la nature du mystère, se tourna vers ses élèves en leur proposant de résoudre ce qu'il nomma, d'un ton facétieux, une « énigme de la science ». Les médecins vinrent tour à tour examiner Scott sous l'œil narquois du professeur. On ausculta son cœur et ses poumons, on lui palpa le ventre, on regarda sa gorge, on examina ses oreilles, on écarquilla ses paupières, on pointa une lampe sur ses pupilles, on testa ses réflexes, on lui intima l'ordre de tirer la langue, l'ordre de faire un sourire crispé, l'ordre de lever la main, l'ordre de serrer le poing. On nota soigneusement toutes ses réactions. On approcha de son lit une machine, on enfonça dans son cuir chevelu de petites aiguilles de métal reliées à l'appareil. Une feuille se mit à défiler. On en analysa avec soin le tracé. On en tira toutes sortes de conclusions. Un médecin nota l'amélioration fulgurante de l'état du patient. Quelque chose continua d'intriguer. Rien ne semblait expliquer la perte de la parole.

Un docteur évoqua l'hypothèse d'une sidération. Un autre suggéra une lésion cérébrale. Un troisième homme souligna l'intérêt des électrochocs. Il avança leurs supposés avantages, leur efficacité, leur prétendue innocuité. Les électrochocs semblaient la panacée. Un médecin resté jusque-là silencieux prononça le mot « lobotomie ». Un nouvel intérêt s'éveilla. On fit le tour de l'assistance. Les opposants à la proposition prirent le dessus. Les médecins quittèrent la salle. Des rires et des moqueries fusèrent. Le professeur intervint. Et où se croyait-on !? Le calme revint. Le professeur reprit la parole d'une voix forte et ferme, imposant le respect tout autant que la peur, s'approcha du lit, planta un regard accusateur au fond des yeux de Scott. Qui était ce jeune homme pour résister à la science ? Le professeur se redressa et expliqua, laconique, que le temps de la réflexion était venu. Il fallait prendre la mesure du mal. Le cas n'était pas simple.

À la fin de la matinée, son père entra dans la chambre. Scott ferma les yeux à peine vit-il sa silhouette. L'homme arrangea l'oreiller, remit les draps en place, défit le dernier bouton du haut de son pyjama. Scott entrouvrit légèrement les paupières. Son père épousseta la table de chevet, remplit le verre d'eau qui y était posé. Il se saisit du gant accroché près du lit, épongea le visage de son fils et humecta ses lèvres. Il mit quelques secondes la paume de sa main sur le front de son fils. Il prit un air inquiet. Il interpella une infirmière qui passait dans le couloir, lui dit ses craintes que son fils ait de la fièvre. L'infirmière examina la pancarte au pied du lit. La température était bonne une heure auparavant. Il exprima ses doutes. Le front était brûlant. La fièvre avait pu grimper dans l'intervalle. L'infirmière consentit à reprendre la température. Le thermomètre afficha 38°5. L'infirmière versa de l'aspirine dans un verre et fit boire Scott. Son père la pria d'informer le médecin de la fièvre. Elle promit qu'elle le ferait lors de la visite. Ne serait-ce pas mieux immédiatement ? Après quoi son père le borda soigneusement puis quitta la pièce.

C'était à n'y rien comprendre. L'homme éploré à son chevet était ce qui subsistait de son passé, souvenir vivant de ses tourments, rappel obstiné de ses drames. Maintenant il le choyait, le couvrait d'affection. Il se voulait le père absolu.

Comment croire en la sincérité de cet homme ? Il avait menti du soir au matin, menti aux autres et à lui-même, exploité les innombrables formes du faux, menti par intérêt ou par omission, menti pour masquer les erreurs et les fautes, nié l'évidence les yeux dans les yeux, menti sciemment et inconsciemment, menti sur l'essentiel et l'anecdotique, menti par plaisir et pour protéger son plaisir, menti à ceux qui l'aimaient et à ceux qui le détestaient. Son existence n'était qu'une gigantesque supercherie. Cet homme ne se sentait coupable de rien, venait au chevet de son fils comme si aucun drame ne s'était déroulé sur la route de Denver. Comme si la vie pouvait continuer au-delà de cette route. Cet homme n'avait aucun sens de la faute. Il se moquait de faire le Bien. Il ne voyait le Mal nulle part. Il ignorait le sens du mot remords. Il enterrait jusqu'au souvenir de ses fautes. C'était le roi des imposteurs.

Scott se remémora lorsque, trois ou quatre ans auparavant, Mam prenait son père en flagrant délit de mensonge. Elle surmontait son chagrin, ne se laissait pas gagner par la colère. Elle cherchait à comprendre. Elle avait foi en la parole, celle de Dieu et celle des hommes. Elle l'excusait au lieu de l'accuser. Une fois son père rentré, elle lui faisait la leçon, expliquait : le mensonge est un jeu de dupes. Le mensonge égare et fourvoie. Il ensevelit celui qui trompe, terrasse celui qui est trompé. Il fragilise les consciences. Il avilit et il rend fou. Son père ne l'interrompait pas – à l'époque, il était capable d'écoute. Quand elle avait cessé de parler, il demandait : « Tu as terminé ? » Elle faisait oui. « Je peux me lever ? » Elle acquiesçait. Il quittait la maison. Elle était gagnée par un sentiment d'euphorie, convaincue que son discours continuerait de résonner dans la conscience de son mari. Elle disait : « Tu verras, mon Scott, cela prendra du temps, mais cela vaut la peine, non ? » Cela lui avait valu toutes les peines.

Scott ouvrit les yeux. Il refuserait la main tendue. Il récuserait l'affection de son père. Son humanité sonnait faux. Sa tendresse était irrecevable.

Le personnel restait dans les habitudes passées, agissait comme s'il n'était pas là, s'exprimait devant lui comme s'il ne pouvait pas comprendre – puisqu'il était muet, nul doute qu'il était sourd –, parlait le langage du quotidien tandis que se faisaient les gestes habituels, un gant frottait contre sa peau, une main prenait son pouls, ses veines étaient piquées. Les voix se souciaient peu de sa peine dès l'instant où la température était satisfaisante, le pouls et la tension stables, ses yeux restaient ouverts. « Je le trouve bien ce matin, dit une des femmes en astiquant son torse avec un gant de crin. Regarde, il a pris des couleurs, les médecins sont optimistes, on dit qu'il retrouvera la marche et tout le reste, enfin tout le reste, j'exagère, il y a quelque chose qu'il ne retrouvera pas, si c'est pas un malheur, tout de même, un beau garçon à l'air si gentil, à tout prendre je préférerais encore que mon fils perde la vue plutôt que sa mère, et je dis ça dans son intérêt. Gladys Chapman m'a raconté qu'elle avait bien connu Meredith Hatford, c'est terrible de parler d'une femme jeune au passé, une sainte, cette femme, c'est cela le destin, tu t'uses à sauver des vies aux urgences, et le jour où tu as besoin d'aide, personne ! Tu as vu son mari, ah, oui, bien entendu, il a l'air désolé, mais les larmes, c'est avant qu'il fallait les verser, un jour, j'aimerais bien lui dire, que, selon Gladys Chapman, madame Hatford arrivait avec des cernes chaque soir, monsieur peut pleurer maintenant, voilà le faux orgueil des hommes, bien sûr ce sont des choses qui ne se répètent pas, faut jamais interférer avec le chagrin des autres, jamais aller dire bonsoir à la misère, on sait pas de quoi demain sera fait, quel désastre le destin nous réserve, parce que c'est chacun son tour, alors inutile de faire la maligne, le soleil ne brille jamais longtemps pour les mêmes, même par nos contrées où il brûle tout le temps, moi quand je suis heureuse, je m'empresse de cacher ma joie, c'est pas de la superstition, c'est de la prudence, des fois que le destin se penche sur mon cas et ne me juge pas digne de ce que je reçois, même si je me contente de peu, c'est peut-être aussi pour ça que le destin me laisse tranquille, je fais très attention à ne pas trop rêver, je reste à ma place, je lave les fesses des patients, vous exercez le plus beau métier du monde, m'a dit un jour, il y a longtemps, le sénateur Delsey, venu ici pour son coma, il m'a regardé avec de grands yeux le matin où il a retrouvé sa conscience, il m'a offert un grand sourire, et il a dit : le plus beau métier du monde. Mais je ne fais que vous laver, Président, j'ai répondu, et j'ai prononcé Président parce que ces gens-là, ça leur fait plaisir qu'on les appelle ainsi, et ils sont toujours président de quelque chose ou, s'ils ne le sont pas, ils le seront un jour, et j'ai remarqué que même à moi, ça me faisait du bien de dire ce mot là de Président, ça rétablit un ordre là où il n'y en a pas, ça rassure un peu sur le monde parce que, quoi qu'on en dise le monde a besoin d'ordre, et de morale aussi, n'est-ce pas, monsieur Hatford, eh bien le Sénateur a dit : oh que non, madame Milway, parce qu'il avait retenu mon nom, ces gens-là ont le don pour retenir les noms, ils doivent avoir une méthode, c'est pas tant qu'ils s'intéressent à vous, non, c'est juste votre nom dont ils se souviennent, des vrais annuaires, ces gens-là, non, madame Milway, vous ne faites pas que laver des culs, ils parlent vulgairement parce qu'ils peuvent tout se permettre, dans leur bouche même le mot cul paraît raffiné, je sais pas comment ils font, ils sont jamais vulgaires ces gens-là, je vais vous dire, Miss Milway, vous purifiez les âmes, oui, les âmes, jamais quelqu'un ne m'avait parlé comme ça, et même moi qui en connais un bout sur mon métier, j'aurais jamais imaginé que je touchais aux âmes, du coup je fais plus attention maintenant, évidemment, une fois qu'ils sortent de réanimation, les gens oublient parce qu'ils peuvent se laver les fesses tout seuls, alors ils vous prennent de haut, ils vous déconsidèrent, ils opèrent une séparation des pouvoirs entre l'entrejambe et l'âme, et leur âme elle est plus du tout à votre portée, je me demande s'ils s'en veulent pas de nous avoir parlé ainsi, de s'être confiés à nous et de nous avoir montré le fond de leur intimité, il m'a même pas dit au revoir, le sénateur Delsey, alors qu'il a offert une montre en or au professeur Murphy, comme si le professeur Murphy n'en avait pas assez, des montres en or, alors que moi, même une plaquée, ça m'aurait fait mon Noël, mais je m'en fiche, il peut se la mettre où je pense, sa montre, vu que l'heure, je la regarde jamais, c'est pour ça que le destin et moi on a des rapports distants, j'en ai trop vu ici, des gens que l'éternité surprenait alors qu'ils étaient à une minute près. Allez, je crois qu'on a fini avec ce beau garçon, il est propre et doux comme le jour où il est sorti du ventre de sa mère, paix à son âme, bon, je lui prends la température et on passe à la chambre à côté. »

Le révérend Simpson lui rendit visite. Scott n'étreignit pas la main qui le serrait. Il ignora la présence du pasteur. Il fit comme si Dieu n'existait pas. Il entendit les paroles du révérend :

« C'est un profond malheur, Scott, qui s'abat sur nous. Toute disparition est un drame, mais ici le drame se double d'un terrible scandale. Comment réchauffer ton cœur blessé, mon Scott ? D'ordinaire, l'Homme de Dieu a réponse à tout, la solution aux petits maux, l'explication des grands malheurs. Nous détenons les clés. Nous possédons l'Encyclopédie du savoir-vivre et le Dictionnaire de l'au-delà. Les mots nous sont dictés par la voix du Seigneur, parole d'Évangile. Pourtant, je te l'avoue, petit, j'ai cherché tout le jour et je n'ai rien trouvé. J'ai prêté l'oreille et n'ai rien entendu. Je pourrais bien sûr prononcer les mots d'usage, les voies du Seigneur sont impénétrables, le Seigneur a donné, le Seigneur a repris, loué soit le Seigneur. Te dire les paroles habituelles et prier avec toi pour le salut de son âme, mais à quoi bon prier, nous n'avons pas à implorer le ciel pour le salut de Meredith Hatford, puisque la place de Meredith Hatford n'est pas au ciel, la place de ta mère est parmi les hommes, à ta gauche, le dimanche, à l'église, au quatrième rang, et les jours de semaine, au service des urgences du Memorial Hospital. Bien sûr, je ne devrais pas m'exprimer ainsi. Mes paroles ne te sont d'aucun secours. Je devrais te dire que cette mort n'est pas un accident, que la route d'embardée est la voie du Seigneur, et cette collision un acte voulu par Dieu, inscrit dans un dessein trop vaste pour être compris. Je devrais trouver un sens à tout cela, une logique nommée la Volonté Divine et avançant masquée derrière le camion qui a écrasé ta mère. Il me faudrait te dire que ta mère est une sainte, que la place d'une sainte est auprès du Seigneur. Ce serait encore mentir. Ta mère n'est pas une sainte, c'est une femme comme nulle autre, et la place de cette femme est entre les autres femmes. Je parle comme un impie, je serai maudit sans doute. J'ai pris à cœur de chercher la vérité, la vérité n'est nulle part, j'ai vu le cœur des hommes, il est pur et sans tache. Malheur, dit l'Ecclésiaste à celui qui est seul et qui tombe, mais ne sommes-nous pas tous seuls irrémédiablement ? Car, dit encore l'Ecclésiaste, c'est Dieu seul qu'il faut craindre. Ce que je crains, mon Scott, c'est le malheur sur toi. Avant d'entrer ici, j'ai dit à mon âme : fais taire ton cœur, élève tes sentiments, désapprends la douleur, j'ai dit à mon âme : incline-toi devant l'œuvre du Seigneur, car seule la sagesse est douce, l'humilité apaise. Mais ma colère est trop grande pour faire taire mon cœur, je passerai demain, ou bien le jour d'après. »

À la fin de la journée, son père revint le voir. Il posa la main sur son front, esquissa un sourire de satisfaction, alla examiner la pancarte au pied du lit. Puis il défit les draps, découvrit les jambes de son fils. Il commença à masser ses mollets et ses cuisses en même temps qu'il dit :

« C'est important, les mollets, à l'armée on disait qu'il fallait toujours les frictionner. Cela évite que les veines ne se bouchent, paraît-il. Et puis les muscles des cuisses, c'est important pour un coureur-né comme toi, il ne faut pas qu'ils s'atrophient. Bientôt, tu cavaleras. Je sais que les infirmières te massent aussi. Mais un père peut faire aussi bien, sinon mieux. Les muscles, c'est notre affaire à nous... Tu vas guérir mon fils, c'est un mauvais moment à passer, j'ai vu des hommes guérir de blessures encore pires, tu es fort et solide, tes plaies cicatriseront, tes jambes récupéreront, nous marcherons ensemble même si je boite, je t'accompagnerai où tu voudras, j'avancerai dans ton dos si tu as toujours honte de ma patte folle, mais tu n'auras pas honte, je te connais, mon fils, tu ignores la rancune et tu ignores la haine, et puis, un jour, tu parleras. Les médecins sont des ignares, ils te croient devenu muet. Tu parleras quand tu le décideras. Nous discuterons ensemble si tu le veux, même si je n'ai jamais su choisir les mots, les phrases viendront toutes seules du moment que tu écoutes. Je m'exerce, tu sais. Il y a un mot que je répète jour et nuit. Je demande pardon. »

Ceux par qui le malheur arrive, ceux qui vivent inspirés par la grâce, ceux à qui l'on doit l'existence, ceux à qui l'on promet la foudre, ceux à qui s'adressent les regrets, ceux vers qui l'on tourne ses prières, ceux qui ont toujours dit vrai, ceux qui mentent à tout propos, ceux qui ont trouvé la paix, ceux qui ont trouvé la mort, ceux que l'on pleure, ceux qui versent des larmes, ceux que le désespoir attire, ceux qui attisent la haine, ceux qui succombent à la peur, ceux qui cèdent au malheur, ceux qui abreuvent d'invectives, ceux qui fonctionnent à la douceur des choses, ceux pour qui tout a une fin, ceux pour qui jamais rien ne commence, ceux qui rêvent éveillés, ceux que console le lever du jour, ceux que le crépuscule désespère, ceux qui croient à une série de hasards, ceux convaincus que tout est écrit, ceux qui vivent dans l'instant, ceux qui insultent l'avenir, ceux qui habitent les vestiges du temps, ceux qui s'enfoncent vers les ténèbres, ceux qui avancent à la lumière, ceux que leurs parents chérissent, ceux qui tueraient père et mère sont-ils tous égaux devant Dieu et les hommes ?

XV

Ce matin-là, le docteur Jenkins se rendit à son chevet. Scott avait entendu les infirmières rapporter que, chaque jour, depuis son hospitalisation, l'homme venait lui rendre visite. Mais son comportement intriguait. Elles décrivaient la tristesse du docteur Jenkins quand il pénétrait dans la chambre, l'air accablé de cet homme d'ordinaire alerte et jovial. Son attitude n'était pas conforme à sa situation.

Scott voulut en savoir plus, fit semblant de dormir et observa le médecin. Le docteur Jenkins jeta un coup d'œil sur la pancarte au pied du lit, prit le pouls, posa le stéthoscope sur son cœur, se concentra sur les battements, eut un air satisfait, enroula l'appareil autour de son cou, empoigna la chaise près du lit, la posa dans le coin de la chambre près de la fenêtre et s'assit. Il demeura immobile, le regard dans le vide, plongé dans ses pensées comme en pleine prière.

Scott aurait aimé interroger le médecin. Cet homme avait travaillé avec sa mère durant des années. Il connaissait sur Mam des choses que lui-même ignorait. Il savait comment était Meredith Hatford lorsqu'elle n'était pas au côté de son fils. Était-elle aussi douce ? Irradiait-elle autant de joie et de délicatesse ? Était-ce une autre femme ?

Scott ouvrit les paupières. Le docteur Jenkins sourit. Le garçon aurait souhaité parler. Même à cette occasion, aucun mot ne sortit de ses lèvres. Le docteur caressa ses cheveux, donna rendez-vous au lendemain puis quitta la pièce. Scott saurait-il un jour quelle femme était sa mère ?

Une image lui revint à l'esprit. Il se souvint de la fois, un an plus tôt, où, sous le prétexte d'un exposé sur le métier d'infirmière, il avait accompagné Mam au Memorial Hospital. Elle avait prévenu : « Tu ne tiendras pas une heure. » Il était resté l'après-midi entière. Elle avait rapidement oublié sa présence. Il prenait des notes sur un grand cahier. Il avait l'impression d'avoir pénétré dans un autre monde – cet univers aujourd'hui si familier. Au service des urgences, l'espace était empli de murmures, chaque mouvement empreint d'une sorte de tension, chaque propos porteur d'un sens obscur. Les plaintes des malades, les paroles des soignants, tout était grave et solennel. Aucun geste n'était innocent. Quelque chose d'essentiel et dont le sens lui échappait alors se jouait à chaque instant. La salle fourmillait de patients. Des ambulances déposaient les brancards. On arrivait à pied, boitillant ou aidé par des épaules amicales. Les box se remplissaient et se vidaient. On s'amassait dans les couloirs. Quel que fût le rythme auquel les infirmières Hatford et Chapman s'appliquaient, la salle d'attente ne désemplissait pas. Il semblait que la ville entière avait fait serment de souffrances. Sa mère quittait un box pour un autre. Scott la contemplait du regard. Elle passait devant lui sans le voir. Ce n'était plus vraiment sa mère. Elle avait perdu de sa douceur coutumière. Son regard était presque glacial. Elle avait des gestes d'automate. Elle avançait au milieu d'un cortège d'hommes et de femmes. Elle passait d'un malade à l'autre, semblait répéter les mêmes actes, prononcer des paroles similaires, d'une voix un rien monocorde. Elle semblait ne pas ressentir la fatigue, absorbait la douleur et la peine. La souffrance glissait sur elle. Tous les visages se ressemblaient. Elle demandait prestement aux membres d'une famille d'attendre au-dehors. Elle ne prenait pas de gants avec les récalcitrants. Elle tirait les rideaux, il la perdait de vue. Quand elle reparaissait, on se pressait autour d'elle, on sollicitait des passe-droits. À mesure que les heures passaient, son visage devenait plus pâle. Bientôt elle se refusait à affronter les regards. Elle avançait entre les lits, donnant une impression d'indifférence. La lumière des néons défaisait les visages. Des mains se tendaient vers elle, les regards tentaient d'attraper son regard. Des êtres en détresse la tiraient par le bras. Parfois, sa blouse et sa coiffe lui donnaient l'air d'un ange. Parfois, elle avait l'allure d'un soldat au front. Rien ne semblait endiguer le flot des patients. Des adolescents surgissaient, gémissant ou hilares. Des vieillards allongés sur des brancards exhalaient de faibles soupirs. Des hommes se tordaient de douleur à l'instant où elle palpait leur ventre. D'autres se rappelaient à peine pourquoi ils étaient là. D'autres encore arrivaient, le souffle coupé, sueur au front, ils montraient du plat de la main l'endroit sur la poitrine qui leur déchirait le cœur. D'autres enfin tenaient de longs discours exaltés qui résonnaient dans le couloir, annonçaient la fin du monde, la venue du Messie après l'Apocalypse. Ceux-là cherchaient chez elle un signe d'approbation. Lorsqu'ils devinaient le doute dans son attitude, ils partaient dans des accès de démence. Ils la traitaient de folle, la menaçaient des foudres de Dieu, exigeaient de voir quelqu'un d'autre, quelqu'un de sérieux, croyant en la justice divine, vivant dans la crainte du Seigneur, respectueux des commandements et des lois, un homme de préférence. Scott s'apprêtait à intervenir. Il les aurait brisés. Mais le docteur Jenkins arrivait et parvenait à calmer les esprits. Au fil des heures se déroulait la longue plainte de l'infinie douleur de la ville. Mam ne détournait pas le visage devant les plaies béantes, ne vacillait pas à la vue du sang. Au milieu de l'après-midi, une torpeur soudaine s'abattait sur elle, engourdissait ses gestes, fatiguait sa voix. Elle répondait à demi-mot aux questions posées, saisissait moins prestement les appels à l'aide. Elle allait prendre l'air, fumer une cigarette dans l'arrière-salle. De retour aux urgences, sa voix s'affermissait. Elle regardait à nouveau les gens en face. Elle recueillait des confidences, chuchotait des mots de réconfort. De la reconnaissance se lisait sur les visages. Aux alentours de sept heures du soir, la salle d'attente se vidait. Le calme se faisait autour d'elle. L'heure était venue de rentrer. Ils avaient repris le bus. Elle avait dormi tout le long du trajet du retour, le visage tiré, les traits crispés, un léger frémissement courant sur ses lèvres comme si la douleur du monde, après avoir été tenue à distance, était venue peupler ses songes.

Ces temps étaient révolus. Plus jamais sa mère assoupie à ses côtés, le souffle doux de son sommeil, les instants de grâce à la veiller, je suis le gardien de ma mère.

Mike entra, salua son cousin, inspecta la chambre, observa le panorama par la fenêtre, puis s'assit. Une infirmière vint lui demander ce qu'il faisait là, obtint une explication et repartit. « Bon sang, tu as vu cette fille ! Il y en a qui ont de la chance ! Non mais, ces jambes ! Il n'y a pas à dire, la blouse, c'est le plus chouette vêtement qu'une femme puisse porter. Enfin, évidemment, dans ton état, cousin, difficile d'apprécier… Ah, ils ne t'ont pas loupé ! Regarde-moi ça ! Ton nez, la forme de ton nez ! Tu as mal quand j'appuie là ? De toute façon, les filles se fichent du nez qu'on a. Même à Hollywood ils s'en moquent. Regarde les nez de Mitchum et de Kirk Douglas, l'un une patate, l'autre un canif. Montre, il paraît que tu as aussi des vis sur l'épaule, des côtes et des vertèbres brisées, un vrai blessé de guerre ! Tu sais, ce qui les surprend tous, c'est que tu n'ouvres pas la bouche. Ils ne savent pas que t'as toujours été du genre silencieux… Ah, il faut que je te raconte ce qui s'est passé en ton absence, même si t'es pas parti bien loin et pas pour très longtemps. Bon il n'y a pas eu la guerre, tu penses bien. Kennedy a gagné, il a fait reculer Khrouchtchev, on peut dire que Jack est un acteur-né, il ment comme un acteur, il est sapé comme un prince, et pour couronner le tout, il couche avec des actrices ! Quoi d'autre… Mes aventures avec Alison ne t'intéressent pas, mais je peux t'annoncer que je ne suis pas loin d'accéder au graal, une question de semaines. Sinon ? Oui, faut que je te présente mes condoléances, je préfère le faire maintenant vu que c'est jamais le bon moment. Je tiens aussi à te préciser quelque chose : j'ai toujours su que ta mère ne m'aimait pas, mais moi je l'aimais beaucoup. Je crois n'avoir jamais rencontré quelqu'un d'aussi doux et d'aussi bon. Alors, si elle ne m'appréciait pas, je suis sûr que c'était pour ton bien... Bon, tu sais, maintenant on est un peu pareils, vu que j'en ai pas non plus de mère, même si c'est différent, la mienne est morte si jeune qu'elle m'a jamais vraiment manqué, vu que j'ai aucun souvenir heureux auquel me raccrocher, en un sens c'est peut-être mieux de perdre sa mère tôt, ça ôte de la tristesse... En tout cas, maintenant je suis ta seule famille, avec ton père, alors bien sûr, question douceur, il va y avoir un manque, puisque c'est pas le sentiment dominant chez les Hatford. Mais tout de même, y a du mieux depuis ton départ. J'ai vu pleurer ton père, et à plusieurs reprises, comme quoi le malheur a du bon. Ah, le plus important, tu as déménagé, ton père a loué un appartement à Phoenix, on va vivre tous ensemble, former une vraie famille même s'il s'y prend un peu tard, c'est sûr. Allez ! J'ai promis à l'infirmière de ne pas m'attarder. Il paraît que t'es souffrant, même si, vu de l'extérieur, tu n'as pas l'air, non, à part ton nez, les vis sur ton bras et le fait que tu sois devenu muet, t'es comme neuf. »

Le soir, son père revint le voir. Il ferma la fenêtre qu'on avait entr'ouverte, tira les rideaux, jeta un coup d'œil sur la pancarte, éteignit la lumière du plafond, alluma la lampe de chevet, arrangea les draps, remplit un verre d'eau, ramassa un papier qui traînait sur le sol. Il s'assit sur le côté du lit, posa sa main sur celle de Scott et se mit à parler d'une voix indécise.

« Le professeur Murphy propose d'en appeler à un psychiatre pour comprendre pourquoi tu ne retrouves pas la parole. J'ai refusé. Mon fils, tu n'es pas fou. Il n'y a pas de fou chez les Hatford. Des êtres désespérés, oui, mais aucun fou… Je sais qu'un jour tu parleras. Nous parlerons ensemble. Je te confierai des choses que je n'ai encore jamais dites. Tu n'as plus rien à craindre de moi. Jamais plus je n'élèverai la voix. Jamais plus je ne lèverai la main sur toi… Sois indulgent, mon fils. Tu sais, tout le monde n'est pas fait du même bois. Certains êtres sont imparfaits. Des fêlures immenses nous traversent, la vie nous semble insurmontable. Nous ployons sous le poids d'une faute inconnue. Nous implorons un court répit. Nous aimerions savourer tous les instants de la vie sans ce goût amer au fond de notre bouche. Nous essayons de faire de notre mieux. Nous remontons à contre-courant le cours des existences. Nous nous débattons au milieu de flots de fureur imaginaires. Nous avançons en plein brouillard. Nous n'éprouvons pas la légèreté des choses. Des traînées de malheur nous précèdent et nous suivent. Nous attirons le malheur et nous propageons le malheur. Nous avons perdu toute forme de courage au profit de la haine envers tout ce qui bouge. Nous sommes aveugles aux richesses du monde. Notre visage dans le miroir nous fait horreur. Notre propre voix nous épouvante. Le moindre de nos souvenirs nous glace. Accorde-moi ton pardon, je sais de quoi je suis coupable. J'ai menti comme je parle. J'ai insulté la mémoire des morts. J'ai défié le Seigneur, agi avec orgueil, méprisé mes semblables, haï l'humanité entière, fait régner la terreur. Pardon si j'ai changé toutes les danses en deuil. J'ai promis la mort à mes proches et la mort est venue. J'ai idolâtré la violence, j'ai abusé de ma force, j'ai frappé à coups de poing, frappé à coups de ceinture, j'ai été la proie d'accès de folie, je me suis vautré dans l'ivresse, j'ai humilié, j'ai trompé, j'ai pris à mon bras toutes les putains de Rolder. J'ai commis tous les crimes, Scott, mais je ne suis pas un assassin. »

À travers ses paupières entrouvertes, Scott observait son père. Il examina les yeux de l'homme. Ce regard avait vu sa mère pendant des années, matin et soir, mois après mois. Peut-être quelque chose d'elle s'était-il transmis, au fil du temps, malgré lui ? Un soupçon de douceur, un fragment de bienveillance avait pu passer, s'être transmis. Était-il possible que rien ne subsiste des années, rien jamais ne demeure ni ne laisse de traces ? Il fixa le fond des pupilles, essaya d'y capter un éclat particulier, quelque chose du reflet du visage de Mam, une empreinte que le temps aurait imprimée, inscrite pour l'éternité. Il crut voir briller une lueur.

Longtemps après que son père fut parti, et tandis que Scott s'enfonçait dans le sommeil, il sentit le frôlement d'une main sur ses cheveux. Il écarquilla les paupières et vit, penché au-dessus de lui, le visage de Jenny, ses grands yeux si doux, son air malicieux, ses lèvres rouges, les boucles de ses cheveux blonds descendant en cascade sur ses épaules. Ses doigts longs et fins caressaient ses joues. Elle dit :

« Mon petit Elvis, tu n'es pas au mieux de ta forme, regarde-moi ce front abîmé, regarde-moi ce nez, mais qu'ont-ils fait de ma gueule d'amour, heureusement Jenny est là pour te bichonner, tu as grand besoin de tendresse, cela tombe bien, la tendresse, c'est mon fort, on dit que la douceur et moi ne font qu'un, tout mon corps est plein de délicatesse, mon pauvre ange, c'est ton père qui m'a prévenue, il passait devant la devanture, je me suis précipitée vers lui parce que j'étais inquiète de ton absence. Je lui avais jamais vu cette mine-là, ton père, d'habitude, on dirait qu'il en veut à la terre entière, mais là c'était comme si le malheur du monde lui était tombé dessus. Quand je lui ai demandé ce qui n'allait pas, il m'a regardé avec des yeux vides que je ne lui connaissais pas, vu que d'ordinaire il n'a que de la fureur dans le regard, ce n'était plus le même homme, l'enragé légendaire qu'au fond moi, j'aimais bien, il n'en voulait plus à personne, attention, ce n'est pas qu'il semblait réconcilié avec l'humanité, plutôt il n'en faisait plus partie, il la regardait passer, enfin t'as dû le remarquer aussi, t'es du genre à comprendre ces choses, mais je ne suis pas là pour parler de ton père, même si c'est lui qui m'a annoncé pour toi, et pour ta mère aussi, deux choses qui vont ensemble. Ta mère, je ne l'ai croisée qu'une seule fois, mais je t'avais dit l'effet qu'elle m'avait fait, alors j'imagine, toi qui la voyais au quotidien, mais si je puis me permettre, et malgré l'étendue de ton chagrin, tu as aussi des raisons de te réjouir, tu as connu le bonheur tous les jours, c'est un cadeau du ciel, même si, évidemment, le ciel te l'a retiré trop tôt, cet or-là que tu avais entre les mains, le ciel t'a donné le goût du bonheur et hop, il te met le malheur plein la bouche, mais est-ce qu'on peut lui en vouloir, non, on n'a qu'à remercier le ciel, enfin, je dis ça, mais on ne peut pas non plus se consoler avec le passé, alors je suis venue te donner un peu de réconfort, oh, ce ne sera pas grand-chose, mais je donnerai tout ce que je peux, vu que ta tristesse me navre tellement, mais tu verras, je suis un peu magicienne. Avec moi, on dit que le malheur s'en va pour quelques instants, et ça c'est inestimable, tiens, donne-moi ta main. »

Elle saisit sa main par le poignet. « Je sais que tu ne veux pas parler, alors ouvre grands les yeux. » Elle déboutonna sa chemise, tout en conservant sa main plongée dans la sienne. Elle était seins nus à côté de lui. Jamais il n'avait contemplé un tel spectacle. Elle prit sa main et la posa sur un de ses seins. « Tu sens comme c'est doux ? » C'était doux et moelleux, savoureux et suave, et exquisément tendre. Il n'avait rien connu de tel au bout de ses doigts. « Tu n'as encore rien vu. » Elle monta à genoux sur le matelas, l'enjamba à hauteur du bassin, releva sa jupe, s'assit sur lui. Puis elle tira les draps, baissa le pantalon de pyjama, se saisit de son pénis, écarta sa culotte, fit glisser rapidement le pénis dans son sexe, se cambra, fit des allées et venues sur son pénis, exigea qu'il la regarde dans les yeux. Mais il ne pouvait pas garder les yeux ouverts. Il se sentait aspiré vers un lieu inconnu, chaque sensation était comme la foudre, procurait le vertige et l'ivresse, menait au bord de l'étourdissement. Il fermait les yeux par crainte de sombrer dans ce gouffre où l'entraînait son corps. Elle se saisit de son autre main, la posa sur son autre sein. « Regarde-moi, sinon je pars ». Il obtempéra et alors ce fut le spectacle le plus stupéfiant qu'il lui ait été donné de voir. Elle avait ôté sa chemise et son buste étendu dominait tout l'espace, ses seins, deux sphères parfaites, narguaient les lois de la pesanteur, flottaient comme un battement d'ailes, leurs mamelons larges et rosés le fixant pareils à des yeux ronds, sa peau et sa blancheur si pâle sur ce corps tendre et dévêtu semblaient répandre de la lumière. Il ne pouvait plus détacher son regard de ce corps vibrant d'un rythme saccadé, ce corps interminable qui offrait tant de beauté. Cette splendeur captive déversait des prodiges, dispersait de son autorité charnelle toute autre vision qu'elle faisait fuir les ombres, captait tout l'air ambiant dans son souffle haché. Et voilà qu'advint le miracle annoncé, soudain, une fraction de seconde, à l'instant où quelque chose se libéra de lui-même, il s'affranchit soudain de sa mémoire, se délivra de sa peine. Elle s'immobilisa peu après, subitement, son visage comme tordu de douleur, puis soudain apaisé. Puis elle se retira, s'assit sur le lit, se saisit du pénis qui maintenant tombait mollement dans sa main, le glissa sous le pantalon de pyjama qu'elle remonta, remit les draps en place, boutonna sa chemise, lui embrassa le front et quitta la chambre. Il tomba aussitôt dans un sommeil profond.

Cette nuit-là, il fit un rêve. Il vit le lieutenant Hatford, casque sur la tête, fusil entre les mains, paquetage dans le dos. Le lieutenant Hatford se tient droit debout, dans une barge fendant la mer vers les plages normandes. Autour de lui s'amasse la troupe de ses hommes, les traits crispés, la peur au ventre, suspendus aux paroles de leur chef. Le visage du lieutenant reste impassible. Son cœur ignore la peur. Ses yeux regardent en face ce qui épouvanterait le plus vaillant des hommes. Accroupies, immobiles, ses troupes tentent de réprimer leur peur, prient, les yeux vers le ciel, hantées par la crainte de perdre un bras ou la vie. Jeffrey Hatford ne laisse rien paraître de ses sentiments. Le néant annoncé ne lui fait pas peur. Le sang sera versé, des rivières de sang. De terribles présages fondent sur lui à mesure qu'on approche des côtes. Il est le jouet d'une étrange folie. Il insulte le destin et il nargue la mort. En même temps que la force, une tendresse secrète émane de son être. Ses soldats y devinent une infaillible résolution, son dégoût de la brutalité gratuite, l'horreur de l'arbitraire. L'écho de la mitraille enfle, l'effroi soulève les cœurs. On n'aperçoit rien au-delà des casques. La plate-forme métallique est l'horizon unique qui brise les regards. Nul ne sait ce qui va advenir. Personne ne prétend à un destin. L'avenir commence et s'achève en cet instant et en ce lieu. Un amour infini monte des âmes en même temps que gronde une colère immense. Soudain la barge s'ouvre. Les yeux découvrent les vagues et leurs écumes, une étendue de sable quelques mètres plus bas, le déferlement d'une marée humaine, le rempart de falaises dressé dans le lointain. La troupe est suspendue aux ordres du lieutenant Hatford. Sa parole tient autour de lui le destin de ces hommes. Il hurle l'ordre attendu. Le grand saut est accompli. L'eau freine les corps, la peur tétanise, la lourdeur des paquetages empêche d'avancer, les ordres se perdent dans le chaos. La mer, le ciel, la terre s'emplissent d'épouvante. Partout les balles sifflent. Des casques flottent sur l'eau. Le lieutenant Hatford pose le pied sur le sable. Il reste sur la grève attendant que ses hommes le dépassent. Il fait le compte dans sa tête, qui sort de l'eau, qui n'en sort pas. Il hurle des ordres que nul n'entend, exécute des gestes qui ne parlent à personne. Ses yeux ne distinguent rien de précis. Son esprit n'ébauche rien de construit. Les balles fauchent les siens. Il se met à courir. Est-ce le ventre des hommes ou bien des tas de sable sur lesquels trébuchent ses pas ? Il ne cesse de proférer des ordres, machinalement, en vain, l'ordre d'avancer, l'ordre de tirer, l'ordre de plonger à terre, l'ordre de se relever, l'ordre de courir. Ses cris se perdent dans le fracas. Le spectacle autour de lui ne ressemble à rien de ce qu'il a pu imaginer, rien de ce qu'on lui a dit, rien de ce qui est connu. Jamais, dans le passé, il n'a vu un seul homme mourir, et, ici, ce matin, tous les hommes meurent. Et les corps des vivants ressemblent à ceux des morts. Nulle part n'existe un lieu où détourner le regard. Une seule idée obsède le lieutenant Hatford : conduire les vivants au bas de la falaise.

XVI

Scott ne se faisait pas au nouveau décor de sa vie. Il détestait le blanc des murs. Par la fenêtre, il ne voyait plus le désert, il ne distinguait plus la route 17. Dans la pièce n'avait jamais circulé le parfum de sa mère. La photographie de Mam que son père avait déposée sur la table de chevet ne lui répondait pas quand il s'adressait à elle. Sa chambre était le centre d'un monde disparu. Le jour se levait, on ouvrait les rideaux. Le soir tombait, on éteignait les lumières. Son père et son cousin, l'ensemble du personnel du Memorial Hospital faisaient preuve d'une grande sollicitude. Tout lui était égal. L'univers était vide de promesses. La vie avait perdu ce qui faisait son éclat. Aucune aventure ne valait d'être menée. À quoi bon aller sur la Lune maintenant que sa mère n'attendrait plus son retour ?

Peu importaient la ronde des visites, le réconfort prodigué, les marques de soutien. À la nuit tombée, il marchait, solitaire, au long des plateaux, gravissait les crêtes des montagnes, dévalait le fin fond des vallées, et partout c'était la même lumière tremblante et pâle et un même néant, dans l'univers entier rien ne résonnait d'autre que l'écho de sa mémoire et le bruit de sa peine.

Son père, le visiteur du matin et du soir, lui demandait ce qu'il désirait, s'il y avait quelque chose en particulier qu'il aimerait manger ou boire, s'il se sentait mieux que la veille ou moins bien. Il achetait des romans dont il parcourait, chaque soir, quelques pages à haute voix. Il ne savait pas faire la lecture, il articulait mal, il hésitait, il bafouillait, il butait sur les mots, il ne mettait aucune intonation ni aucune émotion dans la voix. Aucun des personnages ne prenait vie, aucune histoire ne se tenait. Il s'obstinait. Avant de quitter la pièce, il entonnait une prière. Sa prière sonnait faux. Il n'avait jamais prié. Il ignorait tout du Seigneur. Jamais ses suppliques n'atteindraient le Ciel.

Scott fut autorisé à se lever. D'abord, ce furent seulement quelques pas dans sa chambre au bras de son père. Puis on se promena dehors, dans la grande allée bordée de chênes centenaires. Il exposa ses yeux à la brûlure du soleil. Il contempla le bleu du ciel, devina, au loin, le sommet de quelques buildings. Lorsque son père ôta son bras, il éprouva la même sorte de sensation que le jour où, sa mère lui apprenant à faire du vélo, il avait soudain tenu en équilibre. Puis ses jambes flanchèrent.

Lorsque son père se retrouvait seul auprès de lui, il se mettait à lui parler, aux aguets de la moindre trace de réponse, du plus petit son émis. Aucun mot ne sortait jamais de la bouche de Scott. Son père disait : « Tu as remarché, tu reparleras. » Les médecins semblaient s'être résignés. Son père insistait : « Tu quitteras l'hôpital quand tu seras totalement guéri. Il n'y a aucune raison que tu ne guérisses pas. » Son père avait toujours refusé les évidences. Il ignorait le pourquoi des choses.

Scott voulut retourner à l'endroit où flottait la présence de Mam, même si son père n'y vivait plus, si l'endroit devait être désert. Un matin, il s'habilla, se glissa hors de sa chambre, sortit de l'hôpital, prit un premier bus jusqu'à la gare centrale, monta dans l'autocar de la ligne 175, descendit à l'arrêt au milieu de la vallée, traversa les faubourgs puis entra dans Rolder, longea Lincoln Avenue, traversa Roosevelt Street, Capitol, Hawthorne Street, parvint sur Seneca Square, puis gravit « The Street » jusqu'à la maison. Il s'attarda quelques secondes devant la véranda, hésita à pousser la porte, outrepassa sa peur. Après avoir ouvert, il se sentit comme happé par l'immobilité du lieu. Il referma derrière lui. Tout sentait la poussière. Une pâle clarté emplissait le silence. Une chaise à moitié cassée était abandonnée au milieu de la cuisine. Il ne restait rien de ce qu'il avait connu. Les murs laissés vides ne ressemblaient à rien. Il se sentit un intrus dans sa propre maison. Il pénétra dans sa chambre. Il aperçut, dans un coin, sur le sol, un morceau de la photo du Président. Il emprunta le couloir jusqu'à la chambre de ses parents. Il hésita avant d'ouvrir. Il se rappela le jour où, au moment d'entrer, il avait entendu des soupirs étouffés et des voix indistinctes. Il colla l'oreille et n'entendit rien. Il renonça à entrer. Des bruits de pas résonnant depuis la véranda le firent tressaillir. La porte s'ouvrit. Un grand flot de lumière déferla sur la pièce. La silhouette de son père se dessina dans l'embrasure, ce grand corps presque inerte et tassé sur lui-même. Une rafale de vent s'engouffra dans la maison. Son père avança en sa direction. À un mètre de lui, il s'immobilisa, ses yeux plongés dans les yeux de son fils, un air désolé posé sur son visage. Son père fit un pas en sa direction, les bras grands ouverts. Une peur sourde monta dans l'esprit de Scott, quelque chose d'irrépressible et qui se chargea aussitôt d'un sentiment de honte. Il aurait aimé fondre dans les bras de son père et sentir son étreinte, respirer le désespoir dans son souffle, pardonner à celui qui avoue ses fautes, excuser une âme complice du plus grand des crimes, ce meurtre de hasard, partager la tristesse et la consolation, boire ensemble, à la coupe, le chagrin, la souffrance, aller joncher la tombe de fleurs éternelles, faire sonner la trêve, oublier la vengeance et panser les blessures. Mais il fit un pas de côté, contourna son père et se mit à courir, franchit le seuil de la maison, traversa le jardin et dévala le sentier.

Arrivé un peu au-dessus de « Los Lobos », il se retourna. Son père ne l'avait pas suivi ou bien avait été semé. Il courait comme personne. Ses jambes lui étaient revenues. Presque tout reviendrait, avait prédit une infirmière au-dessus de son lit. La ville de Rolder s'étalait à ses pieds, plongée dans une torpeur de brume, chargée de bonheurs engloutis, sanctuaire de vie, théâtre des grands drames. Au-delà commençait le désert, avec en son milieu la faille béante de la route maudite, là où son enfance avait pris fin, voie du malheur, piste des anges. Sur cette route au loin, roulait un bus qu'il reconnut aussitôt comme le 175. Il suivit la course du véhicule, le nuage de fumée grise qui s'échappait à l'arrière. Son cœur se mit à battre. Il sentit le sang cogner contre ses tempes. Il se mit à courir. Il dévala la pente, passa devant Los Lobos sans prêter attention au geste de menace d'un adolescent qui, le pouce sur la gorge, fit mine de l'égorger. Il parvint au bas de The Street et s'enfonça dans les rues de la ville. Il prit Hawthorne puis Roosevelt, redoubla d'énergie en apercevant Mr Brown, la tête dans le capot de sa voiture, se relevant à son passage et lui criant : « Fonce, Scott, cette fois tu vas y arriver ! » Il bifurqua par les entrepôts de la ville avec la sensation d'avoir des ailes dans le dos. Il était Willie Mays, le plus grand voltigeur du siècle. Il était le croisement du guépard et de l'homme. Il avait l'impression de fendre l'air en deux. Chaque pas lui faisait prendre de la vitesse, chaque foulée était plus longue que la précédente. Il étirait le temps, bousculait les secondes. Son pied touchait à peine le sol, il se sentait insaisissable, invisible, invulnérable, le garçon le plus rapide du monde. Il pourrait arriver à l'arrêt de bus avant l'autocar de la ligne 175. Aujourd'hui serait une première.

Il dépassa la dernière maison de Rolder et déboula dans la vallée. Maintenant il s'élançait sur la route 17, courait de plus en plus haut et de plus en plus vite, les muscles de ses jambes et de ses cuisses mus par une force surhumaine. Il fréquentait l'air des nuages, courait plus vite que le temps, semait la horde de spectres à ses trousses, percevait l'écho lointain d'une voix de femme qui l'armait de courage. Il se glissait dans l'espace. Il dépassa le ranch d'Owen Each, vit Ted sur son étalon qui l'encouragea en faisant tournoyer son lasso. Un instant, il eut l'impression de courir plus vite que le cheval au galop. Soudain il vit au loin l'autocar fonçant vers lui, ses phares allumés. Il aperçut, à environ 1 mile, dressé au milieu de l'étendue plate et nue, centre du désert et centre du nouveau monde, l'arrêt de l'autobus. Cette vision décupla ses forces. Il put encore accélérer. Il ne se sentit plus subordonné aux lois de la pesanteur, aux lois de la nature, à la loi divine et à celles de l'homme. Bientôt les cieux proclameraient sa victoire, dans ce pays de féerie, intemporel et infini. Le vent le poussait tandis que l'autocar au loin se rapprochait, son bruit de moteur ronflant à ses oreilles. Il arriverait avant le bus malgré le bruit de cafetière qui emplissait ses poumons, les battements à tout fendre de son cœur. L'homme allait vaincre la machine et la course contre le temps. Il courait, fou de bonheur et d'allégresse, il retournait dans son domaine, il avançait vers le passé. Et lui seul dans le vaste monde savait qui, bientôt, il irait retrouver, de qui il saisirait la main. Il n'osait pas même prononcer son nom de peur de provoquer la colère divine. Mais il était porteur d'une intime et folle conviction et le souffle du vent confortait sa croyance, murmurait qu'il avait raison, et la condition pour que le miracle se produise était qu'il accélère encore, renverse le cours du temps, inverse le temps des larmes et le temps de la joie. Il allait arracher à la fatalité une bribe de sa propre destinée. La seule volonté était capable de grands effets dans le grandiose infini de l'Amérique. La voix puissante des pionniers et le souffle divin chantaient la résurrection d'une beauté rayonnante. Un buisson ardent était apparu dans le désert, pourquoi l'Éternel ne ferait-il plus de miracles ? À quoi avait-il cru, son enfance durant ? Qu'enseignait le révérend ? Fendre les flots de la mer Rouge, marcher sur l'eau, un dernier miracle restait à accomplir. S'il avait prié, et avec tant de ferveur, tous ces dimanches, pouvait-il ne pas être récompensé ? Il courait, dans la pleine lumière, les anges volaient autour de lui. Ô Éternel, je n'ai jamais douté, et si par malheur je l'ai fait, ce fut l'espace d'un instant. Déclare sans valeur les anathèmes que j'ai lancés, les serments de rébellion, tu es le Tout-puissant, tu feras que mes espérances ne soient pas vaines, ta miséricorde plaidera en ma faveur, tu rétabliras la justice, tu exauceras ma prière, tu rachèteras ta faute immense, car tu as fauté, Seigneur, tu répareras ton forfait, tu trouveras la force d'accomplir ce miracle, tu délivreras les ombres de la nuit, ta voix fera trembler les déserts, retentira dans les montagnes, toi qui as commandé au Déluge, toi qui changes les saisons, crées l'aube avant le crépuscule, fais disparaître les ténèbres, Dieu Tout-Puissant qui soutiens les faibles et guéris les malades, ton souffle plane sur la poussière. De ces grains de poussière, tu forgeras une côte, à partir de cette côte, tu façonneras le corps d'une mère, ton souffle passera en ces poumons, et ce corps reprendra vie, tu la feras apparaître ici-bas, à l'instant même où la porte s'ouvrira, la porte du ciel et la porte du bus, ne me déçois pas, Seigneur. Tu accompliras ta promesse de ressusciter les morts si j'accomplis la mienne, si je réalise mon propre miracle d'arriver avant la machine, de vaincre la course contre le temps. Gloire à Toi, Éternel.

Il toucha de la main le poteau qui matérialisait l'arrêt de bus, il leva la tête et vit la montagne devant lui au lieu de l'avant du véhicule qu'il croisait d'ordinaire. Il était hors d'haleine, en sueur, tenaillé par la soif, mais un sentiment de bonheur absolu le submergeait tout entier. Il avait réussi. C'était une première. C'était le jour et l'heure. Il avait gagné sa course contre le temps. L'homme avait vaincu la machine. Le prodige s'était réalisé. Maintenant son destin était entre les mains du Seigneur. « Je crois en Toi, Éternel qui doit ressusciter les morts. » Un coup de freins se fit entendre. Son cœur battit à tout rompre. Ses tempes étaient au bord de l'explosion. Il allait connaître la grâce, il chanterait à jamais les louanges du Seigneur. Il ne divulguerait pas la nouvelle du miracle. Il n'ébruiterait pas la résurrection. Ils quitteraient la région, sa mère et lui. Plus personne, jamais, n'entendrait parler d'eux. Leur nom, le souvenir de leurs actes, toute trace de présence seraient effacés des mémoires. Le bus s'arrêta devant lui. Tu es grand, Seigneur, je crois en Toi. Il attendit que la porte s'ouvre, la porte du bus et celle du ciel. Sa mère allait paraître derrière cette porte. Le malheur n'avait-il pas déjà trop duré ? Il avait vaincu le temps. Le nécessaire avait été accompli. Il se signa, leva les yeux vers le ciel. La porte s'ouvrit. Le conducteur lui fit un signe de la main : « Mon Scott, ravi de te retrouver, et te voilà plus fort qu'avant ! Tu montes ? » Il fit non de la tête. « Alors, une autre fois. » La porte se referma. Le bus démarra. Un nuage de poussière grise lui fit fermer les yeux. Lorsqu'il rouvrit les paupières, un paysage de désolation s'étirait devant lui. Aucune âme à la ronde, pas un souffle de vie. Plus rien n'avait d'ombre, tout brûlait le regard. Il sentit une fatigue extrême en même temps qu'enflait une profonde tristesse. Il s'assit sur le bord de la route. Autour de lui, la terre était desséchée et nue. Le ciel s'était recouvert de nuages. Il avait tenté tout ce qu'on peut oser. Il avait nargué la mort, avait voulu ressusciter la clarté première. Il avait été le jouet d'une étrange folie.

Qui l'accompagnerait au long de la vallée ? Il avait perdu le symbole vivant de ses rêves, l'inspiratrice de ses jours, l'objet constant des attentions, la source de joie, l'esprit de consolation, l'objet sacré de sa tendresse, les fondements de son univers, la grâce qui habite le monde. Voilà le triomphe de la nuit.

Un bruit de moteur attira son regard. Au loin, il aperçut une voiture roulant en sa direction. La voiture ralentit. Il fixa la figure de l'homme au volant. Il fut tenté de fuir. Ses jambes refusèrent de le porter. La voiture stoppa à sa hauteur. Il croisa le regard de son père à travers la vitre. Une profonde paix émanait de son visage. Comment pouvait-il demeurer aussi calme quand la terreur et la peine avaient englouti le monde ? Son père coupa le moteur, prit un briquet dans sa poche, alluma une cigarette. Il regarda son père, ne sachant quoi penser et ignorant quoi faire. S'asseoir aux côtés de son père ? Les êtres auprès de qui il prenait place allaient au désastre. Qui sait si, sans lui, son père aurait versé si furieusement dans la terreur et dans la rage ? Seigneur, tout ce qui survient est-il de ma faute ?

« Veux-tu venir avec moi à Phoenix ? demanda son père d'une voix douce. Je suis sûr que l'appartement que nous avons choisi avec Mike te plaira. Ta chambre est immense, tu sais… J'aimerais que tu m'accompagnes… Je ne vais nulle part sans toi. » Scott baissa les yeux. Les sanglots affluèrent dans sa gorge. Il parvint à contenir ses larmes. Il fit oui de la tête, s'installa à côté de son père. La voiture démarra et fila sur la route. Il contempla, face à lui, le nouvel horizon qui se profilait dans le lointain du jour.

XVII

Les secondes s'égrenaient, les heures s'écoulaient, les jours défilaient. Son chagrin ne passait pas. Les mois se succédaient, l'été jaunissait la terre, les feuilles des arbres tombaient, les saisons changeaient. Son chagrin ne passait pas.

Sa chambre se meublait, les murs se couvraient d'affiches, la bibliothèque se remplissait. Sa rancune cédait. Ses ressentiments n'exerçaient plus d'emprise sur ses actes. La haine de son père ne gouvernait plus ses pensées. Sa colère, désormais tournée contre lui-même, était parfois contenue. Sa tristesse, jamais.

Le Président avait été assassiné. Les êtres qu'il chérissait disparaissaient.

Sa mémoire des faits n'était plus aussi précise. Il ne parvenait plus à mettre une date sur certains événements. Quand Mam avait-elle lu la lettre adressée au maire ? Était-ce le 22 octobre ? Quand lui avait-elle parlé d'Elizabeth Taylor ? Maintenant, il pouvait seulement dire : le dimanche, nous allions à l'église. Chaque matin, sur le coup de 6 heures, je partais retrouver ma mère. Le temps engloutissait le passé.

Il songeait : « J'ai perdu ma mère, j'ai perdu ma voix, je peux perdre la mémoire. » Mam pouvait disparaître de son esprit aussi soudainement qu'elle avait quitté le monde. Il martyrisait ses souvenirs. Il ranimait l'ordre des jours anciens. Il redoutait les moments qui le détournaient de la seule pensée de sa mère. Il appréhendait le reflet dansant des étoiles, le chant des oiseaux, les cascades de rires de son cousin. Il détestait la première lueur de l'aube qu'autrefois il chérissait tant. Il n'attendait plus rien, et nulle part le bonheur ni sa mère n'attendait.

Seule ma peine demeure. Le vif éclat du jour, l'ombre des montagnes, les caprices du temps, la tristesse du crépuscule, le mystère des forêts, la tranquillité des déserts, l'accomplissement des désirs, les mots de condoléance, les paroles de réconfort, les conseils prodigués se transforment au fil du temps, semblent subir un cycle pareil à celui des saisons. J'ai compris, Seigneur, où tu résides. Tu es entièrement dans le chagrin et dans la peine. Tu es dans le malheur et la souffrance. Je sais dorénavant où ta grandeur se place. Tu es tout entier caché dans ma douleur, mon infinie souffrance et ma peine éternelle. Toi seul es infini, Toi seul es éternel. Tu inspires ma souffrance et Tu nourris ma peine. Tu es l'autre nom du chagrin éternel. Tu m'aiderais à veiller sur ma mère jusqu'à la fin des temps.

J'ai appris à me recueillir d'un simple regard vers le ciel : je creuse une tombe au milieu des nuages. Je lève les yeux et je marche dans le cimetière où repose ma mère. J'y marche le jour et j'y marche la nuit.

J'avance au milieu des étoiles. Je marche sur la Lune. Mam, je ne t'ai pas menti. Jamais je n'ai menti. Je respecte chaque jour ma promesse. Je suis le premier homme à marcher sur la Lune.

XVIII

La voiture stoppe au milieu d'une étendue de sable parsemée de buissons de nopal. Il jette un regard hébété sur la terre enveloppée de brume. Son père lui ouvre la portière. Un parfum d'ambre et de musc déferle. Le bruissement des arbres sous le vent laisse percer la rumeur de la mer et son puissant écho.

« Nous voilà arrivés, fiston ! »

Son père tire d'un sac une bouteille de jus d'orange et un verre en plastique, remplit le verre et le lui tend. Il boit jusqu'à la dernière gorgée. Son père lui propose des cookies, ceux au chocolat noir de chez Flare's. Il avale les cookies. « Des fruits ? » Il ne désire rien d'autre. « Tout à l'heure, peut-être ? » Peut-être. Il sort de la voiture, se retrouve face à son père.

« C'est ma tenue qui te fait sourire ? »

Son père est habillé comme un cow-boy. Le chapeau est trop grand pour lui, son pantalon lui tombe sur les hanches, la chemise est imprimée de carreaux verts, le foulard rouge mal noué autour de son cou. Son lasso entre les mains, il a l'air ravi.

« Tu n'es pas fier de ton père ? »

Ils sont partis la veille au soir de la maison de Phoenix. Son père a conduit toute la nuit. Rien sur son visage ne porte l'empreinte de la fatigue. Ses yeux irradient d'une joie intense, comme si, pour cet homme qui a fait deux guerres, conquis un continent entier, allait se dérouler, en ce jour, dans cet endroit ignoré des hommes, l'aventure la plus extraordinaire des temps modernes.

Le brouillard se dissipe et dévoile dans le lointain des bosquets d'eucalyptus et de saules dont les feuilles tremblent sous le vent. Au-delà, la colline s'enfonce vers le vide. C'est la vallée d'East River, l'endroit légendaire, le lieu des rêves anciens.

Son père ouvre le coffre de la voiture, entreprend de décharger l'attirail soigneusement préparé et qui comporte deux selles légères sans arçon et un second lasso. Owen Each a expliqué que les mustangs n'accepteraient pas une selle western mais qu'ils endosseraient une selle légère.

Il observe son père en train de déballer le matériel. L'homme est-il sérieux ? Croit-il sincèrement que des mustangs vont surgir du fond des montagnes ? Et si le miracle se produit, envisage-t-il de monter un cheval sauvage avec sa patte folle ?

« J'ai travaillé dans un ranch au début des années 50. J'ai même participé à des rodéos ! »

Son père affabule. Le monde autour de lui est une fable, faite de maléfices, d'étranges sortilèges et d'horreurs sacrées, où des créatures imprégnées d'espérances, parties le cœur en paix sur les terres sauvages, vont se perdre sur des chemins obscurs. Une fable dont il cherche vainement la morale.

L'homme qui boite, le garçon muet, la princesse au cœur nu.

« En route, maintenant ! » Ils avancent sur le sentier, chacun tenant un lasso autour d'une épaule, une selle légère sous le bras. « Je préfère marcher devant, les serpents sont légion. » Ils traversent la lande.

« Tu vois, fils, grâce à ma patte folle, nous sommes sûrs de retrouver notre chemin. » La chaussure gauche de son père laisse sur la terre une longue trace rectiligne qui arrache un sourire à Scott.

« Je t'amuse, ce matin, n'est-ce pas ?.. Mais attention, bientôt l'heure ne sera plus à rire. Nous allons sauver un mustang de la noyade. »

Son père est devenu fou.

À la lisière du bosquet de saules, l'homme, au bord de l'essoufflement, réclame une pause. Il ôte son chapeau, essuie son front, asperge d'eau son crâne. « Tu penses que je n'ai plus l'âge, n'est-ce pas ? » Ils se remettent en route, son père toujours devant. Ils marchent jusqu'à l'extrémité du plateau, traversent une petite forêt de pins.

« Regarde ! » s'exclame son père.

Scott avance à sa hauteur et voit se dérouler sous ses yeux un paysage prodigieux, inouï de splendeur et de calme, spectacle de la mer jusqu'à l'infini, la mer qu'il n'a jamais vue ailleurs que dans ses rêves, ou bien au cinéma, mais là c'est autre chose, de grandiose, de sublime, un univers entier offert à son regard, et ce grand miroitement sous la voûte céleste. Il est pris de vertige au bord de la falaise, baisse les yeux et voit, en contrebas, le pays dont Mike a parlé, la grève sablonneuse que les chevaux sont censés parcourir avant de s'abîmer dans les flots. La colline, sur son autre flanc, s'abaisse en pente douce jusqu'à l'endroit calme et paisible où les eaux d'East River forment un grand bassin. « Tu es prêt ? » Il fait oui. Il s'apprête à éprouver sa souffrance aux bornes de l'enchantement.

Ils entament la descente de la colline sur un sentier de pierre bordé d'arbres. Un aigle à tête royale tournoie au-dessus d'eux en faisant de grands cercles. Tout est exactement comme Mike l'a raconté. Quelques mètres devant, son père traîne péniblement sa jambe sur les cailloux, manquant de trébucher à chaque pas. De temps à autre, il lance : « Tu tiens le coup, fiston ? » Scott veille à lui laisser quelques mètres d'avance. Une marque de respect.

Le garçon contemple le paysage inondé de lumière, les grands pins accrochés aux parois, les falaises s'enfonçant dans les flots et y creusant des grottes. Il croit percevoir dans l'air l'écho des clameurs des tribus indiennes. Le cri de guerre de Ventre Blanc mêlé au murmure des flots.

Arrivés au pied de la colline, ils font halte sur le plat d'un rocher au bord de la rivière, contemplent East River qui s'écoule paisiblement, devant eux, la surface de ses eaux frémissant sous la brise. « C'est un temps à se baigner. Tu te souviens quand je t'apprenais à nager dans l'arroyo de la vallée de Rolder ? »

Soudain, un tumulte sourd venu du fond du défilé se met à gronder, résonne sur les parois des collines. Il songe à un orage. Il contemple le ciel, le ciel est sans nuages. Un camion sur la route ? Aucun véhicule ne pourrait traverser cette sorte de ravine. Il scrute vainement l'horizon à la recherche d'un avion.

Entend-il des bruits comme naguère, dans sa chambre, il entendait des voix ?

« Regarde ! » s'écrie son père. C'est une apparition. Un groupe de chevaux trotte en file indienne, sur la rive d'en face. Un étalon bai mène le petit troupeau. Derrière, deux vieux rouans avancent tranquillement. Puis une jument pinto suivie de près par son poulain. Il se frotte les yeux. « Non, tu ne rêves pas ! » Les chevaux poursuivent leur course, leur robe étincelant à la lumière, leurs naseaux grands ouverts, leurs yeux scintillant sous l'éclat du soleil. Mike n'avait pas menti.

Les bêtes s'engagent sur le lit de la rivière, soulevant des gerbes d'eau. Le bruit de leurs sabots, les lents et réguliers soufflets de leurs poumons emplissent l'air. Le spectacle est plus beau encore que dans le récit de son cousin.

Scott se souvient soudain du destin fait aux bêtes. « Ne t'en fais pas, les trois premiers mustangs sont vieux, leur dernière heure est peut-être venue. Mais nous ne laisserons pas la jument et son poulain s'abîmer dans les flots. » À force d'explorer ses silences, son père lit dans ses pensées.

La cavalcade arrive à leur hauteur. « C'est à moi, maintenant ! » Son père fait tournoyer son lasso. La corde fendant l'air ajoute une note au concert des bêtes. Les chevaux sentent une présence, s'immobilisent. Scott contemple les yeux de la jument, n'y lit aucune peur. Le poulain tourne autour de sa mère. L'étalon bai secoue la tête, lance un hennissement, piétine puis se remet en route, au même rythme lent, suivi par les autres chevaux. « Je m'occupe de la jument, le poulain restera auprès d'elle, et tu le monteras. » L'homme fait à nouveau tournoyer le lasso et le lance en direction de la jument. La corde retombe sur la bête. Le nœud coulant a atteint l'encolure. L'homme donne une secousse à la corde. Le nœud se serre. La jument se fige. Son père tire puissamment. La corde se tend à l'extrême. « À toi de tenir bon, maintenant ! » Son père lui lance la corde. Scott la serre entre ses poings aussi fermement qu'il peut. La jument tourne les yeux vers lui. Son regard n'a rien d'hostile, rien de désolant. Il est poignant, ce regard qui a embrassé des espaces sans fin, les plaines rousses de l'automne, les soleils embrumés de l'hiver, la furie des soirs d'orage. Son père avance vers la jument, le pas sûr. Sa jambe traînant derrière lui ne semble pas le gêner. La bête observe un mouvement de recul, pousse un long hennissement. Les autres chevaux s'arrêtent, tournent la tête puis reprennent leur trot. Son père se plaque contre l'épaule de la jument, chuchote à son oreille et caresse son dos. La jument fait un écart, tire plus fortement sur la corde. Son père cajole son chanfrein, continue à parler. Le poulain frotte son naseau contre la croupe de sa mère. La jument frémit, dresse les oreilles. Son père jette un regard vers son fils, le fixe d'un air déterminé, lui donne le signal. Scott communique un coup sec à la corde. Seigneur, faites que je sois à la hauteur, que j'empêche la mère et le poulain de fuir vers les flots !

Son père pose la selle légère sur le dos de la jument. Il flatte son encolure. La bête accepte la selle. Son père s'agrippe à la crinière, enfourche la jument. Quand il est solidement assis sur son dos, Scott peut lâcher la corde. Il s'approche lentement du poulain, prend soin de ne faire aucun geste susceptible de l'effaroucher. Quand il est à sa hauteur, il se souvient des conseils de Ted Each lorsqu'il a appris à monter. Il caresse l'animal, s'adresse à lui en pensée. Le poulain ne montre aucune résistance. Scott passe la boucle du lasso autour de l'encolure, pose la selle légère. Il monte sur le dos, se plaque contre les épaules de la bête. Après quoi il presse sur ses flancs et se laisse porter par le mouvement du poulain qui avance au côté de sa mère, sa crinière flottant dans le vent du matin.

Ils chevauchent lentement, son père et lui, le long de la rivière jusqu'à la mer, puis s'engagent sur la plage. Ils mènent la jument et son poulain sur la terre sablonneuse. Ils parviennent à un endroit où la colline remonte en pente douce. Ils conduisent les bêtes le long d'un sentier, au milieu de rochers et d'éboulis de pierres. Ils trottent un long moment et s'arrêtent près d'un ruisseau où ils font boire les bêtes. « Je crois que nous avons réussi, fiston ! Nous trouverons bien un ranch de la région pour accueillir les chevaux. »

Scott s'imprègne du murmure du ruisseau, du souffle du vent, de l'odeur qui monte de la terre, du halètement des bêtes, du souvenir brûlant de ce qu'il vient de vivre. Il éprouve une joie immense. Le soleil est haut maintenant dans le ciel. D'ordinaire, une ombre longue et menaçante s'interpose entre son père et lui. Ce matin, le soleil rétrécit les ombres.

« Scott, est-ce que tu crois au pardon de nos fautes ? »

Scott promène son regard sur la jument. Ses yeux descendent sur ses pattes. Quelque chose cloche. Il examine les extrémités du poulain. Les deux bêtes ont des fers aux sabots. La jument et son poulain ne sont pas des mustangs. Pas plus certainement que l'étalon bai, les vieux rouans. Il comprend alors l'étrange calme des chevaux, leur docilité apparente, le fait que la jument n'ait ni renâclé, ni détaché une seule ruade. Il se rend à l'évidence. Son père a mis en scène la cavalcade à l'aide des chevaux dressés du ranch d'Owen Each. Mike, qui a prétexté une migraine pour ne pas être du voyage, a conduit les bêtes près d'East River. Les chevaux n'auront été sauvages que le temps d'un songe éveillé.

Son père a fait de son rêve une réalité. Son père a accompli un tour de magie. Son père est un sorcier. L'Houdini du Grand Ouest.

Il contemple la jument et son poulain, soulagé de savoir qu'une mère ne mène jamais son petit vers l'abîme.

Il se met à rire.

« C'est ma question qui t'amuse ? » demanda son père avec une soudaine expression de tristesse sur le visage.

Il fait non. Il se sent coupable de la peine que son rire déclenche. Il lève les yeux vers le ciel. Il croit deviner la silhouette de sa mère entre les nuages, sa grande allure si douce. Elle marche dans le panorama féerique du monde, chacun de ses gestes inspirés par la grâce, ses yeux brillants aux lueurs éclatantes de l'azur, elle flâne, ange parmi les anges, le visage radieux, la même figure enjouée, indemne d'épouvante, qu'elle a pris soin d'offrir avant de disparaître, visage d'éternité, d'une vibrante douceur. Il entend clairement la voix de Mam murmurer quelque chose, mais ses mots se mêlent au souffle bruyant des chevaux, au murmure du ruisseau, voix bienveillante de sa mère, intarissable chant descendu du firmament, qui semble lui parler à lui et à nul autre, l'unique spectateur de la dernière des heures, témoin solitaire des désastres et des bonheurs sans bornes. Vers lui et vers nul autre, ses mains douces et fines trempées dans l'air céleste qui laissent des traînes dans le vent rappellent son parfum, l'odeur de sa chevelure, la senteur de sa peau et dispersent les cris terribles de cette nuit glacée, marquée par le destin, où hiverne son passé et pleure sa mémoire. Peut-être, un beau matin, la pure clarté du ciel éclairera-t-elle ses jours ?

« Alors, sans rire, Scott, est-ce que tu crois au pardon de nos fautes ? »

Il fait oui de la tête, d'un hochement qui n'autorise pas le doute. Il saisit la main de son père, l'étreint et se tourne vers lui. Jeffrey Hatford le fixe avec des yeux pleins de douceur. Il songe à l'homme en uniforme qui, voilà des années, avant que le malheur ne frappe, a séduit sa mère dans un bus, d'un seul regard. Il se dit que c'est peut-être le même homme. Puis il replonge dans le grand silence du jour.

Mise en page
PCA
44400 Rezé

CET OUVRAGE
A ÉTÉ ACHEVÉ D'IMPRIMER
SUR ROTO-PAGE
PAR L'IMPRIMERIE FLOCH
À MAYENNE EN JUIN 2011

N° d'édition : L.01ELJN000354.N001. N° d'impression : 79828.
Dépôt légal : août 2011.
(Imprimé en France)